Zhongguo Wenhua
Zhishi Duben

中国文化知识读本

主编 金开诚

编著 杨楠

《七侠五义》与中国古代武侠小说

吉林出版集团有限责任公司

吉林文史出版社

图书在版编目（CIP）数据

《七侠五义》与中国古代武侠小说/杨楠编著.—
长春：吉林出版集团有限责任公司：吉林文史出版社，
2009.12（2022.1重印）
（中国文化知识读本）
ISBN 978-7-5463-1278-1

Ⅰ.①七… Ⅱ.①杨… Ⅲ.①侠义小说–文学欣赏–
中国–古代 Ⅳ.①I207.419

中国版本图书馆CIP数据核字（2009）第223079号

《七侠五义》与中国古代武侠小说

QIXIA WUYI YU ZHONGGUO GUDAI WUXIA XIAOSHUO

主编/金开诚 编著/杨楠

责任编辑/曹恒 于涉 责任校对/樊庆辉

装帧设计/曹恒 摄影/金诚 图片整理/王贝尔

出版发行/吉林文史出版社 吉林出版集团有限责任公司

地址/长春市人民大街4646号 邮编/130021

电话/0431-86037503 传真/0431-86037589

印刷/三河市金兆印刷装订有限公司

版次/2009年12月第1版 2022年1月第5次印刷

开本/650mm×960mm 1/16

印张/8 字数/30千

书号/ISBN 978-7-5463-1278-1

定价/34.80元

关于《中国文化知识读本》

　　文化是一种社会现象，是人类物质文明和精神文明有机融合的产物；同时又是一种历史现象，是社会的历史沉积。当今世界，随着经济全球化进程的加快，人们也越来越重视本民族的文化。我们只有加强对本民族文化的继承和创新，才能更好地弘扬民族精神，增强民族凝聚力。历史经验告诉我们，任何一个民族要想屹立于世界民族之林，必须具有自尊、自信、自强的民族意识。文化是维系一个民族生存和发展的强大动力。一个民族的存在依赖文化，文化的解体就是一个民族的消亡。

　　随着我国综合国力的日益强大，广大民众对重塑民族自尊心和自豪感的愿望日益迫切。作为民族大家庭中的一员，将源远流长、博大精深的中国文化继承并传播给广大群众，特别是青年一代，是我们出版人义不容辞的责任。

　　《中国文化知识读本》是由吉林出版集团有限责任公司和吉林文史出版社组织国内知名专家学者编写的一套旨在传播中华五千年优秀传统文化，提高全民文化修养的大型知识读本。该书在深入挖掘和整理中华优秀传统文化成果的同时，结合社会发展，注入了时代精神。书中优美生动的文字、简明通俗的语言、图文并茂的形式，把中国文化中的物态文化、制度文化、行为文化、精神文化等知识要点全面展示给读者。点点滴滴的文化知识仿佛繁星，组成了灿烂辉煌的中国文化的天穹。

　　希望本书能为弘扬中华五千年优秀传统文化、增强各民族团结、构建社会主义和谐社会尽一份绵薄之力，也坚信我们的中华民族一定能够早日实现伟大复兴！

目录

一、中国古代武侠小说

概述

（一）小说的起源

"小说"一词最早见于《庄子外物》:"饰小说以干县令,其于大达亦远矣。""干",追求;"县令",美好的名声。这里所说的小说,即"琐屑之言,非道术所在",与后世作为小说文体的"小说"完全不同。

桓谭在其所著的《新论》中,对小说这样说:"小说家合丛残小语,近取譬论,以作短书,治身理家,有可观之辞。"由此可见,小说仍然是"治身理家"的短书,而不是为政化民的"大道"。

班固在《汉书·艺文志》中认为,小说是"街谈巷语、道听途说者之所造",虽

武当山紫霄宫

《七侠五义》与中国古代武侠小说

河南太行山风光

武当山道士宗教活动

武当山道士

然他认为小说仍然是小知、小道，但从另一角度触及了小说讲求虚构又植根于生活的特点。

清末民初，维新派梁启超等大力倡导"小说界革命"，小说理论面目一新。小说地位空前提高，以至于被奉为"国民之魂""正史之根""文学之最上乘"，再也不是无足轻重的"街谈巷语""琐屑之言"了。

小说按描写的特定内容分为：武侠小说、言情小说、谴责小说、历史小说等，武侠小说在中国文坛算得上是一朵奇葩，它以独特的文学形式、风格、题材、命意及专门用语，勾勒出一幅又一幅充满传奇色彩的"江湖众生相"。它表彰世上的公平与正义，名正言顺地标榜着"替天行道"，强调着劫富济贫、惩强扶弱，其中更穿插了虚实相生的武功，曲折离奇的情节，娓娓诉说着江湖侠士、英雄儿女们可歌可泣的故事。武侠小说从内容到形式都与中华文化传统血肉相连，通篇都洋溢着中华儿女特有的生命情操感。

武侠小说是中国小说中的一个流派，这个流派从古至今经历了三次演变，它们分别是："中国古代武侠小说""中国旧派武侠小说""中国新派武侠小说"。中国古代武侠小说是指从先秦两汉至清代末年的武侠小说；中国旧派武侠小说是严格意义上的武侠小说，它的兴盛期大致在辛亥革命至 1950 年左右，是相对继它以后出现的风靡全世界的香港和台湾地区的新派武侠小说而言的；中国新派武侠小说是指在中国旧派武侠小说的基础上，从 20 世纪 50 年代开始在香港和台湾地区兴起的小说，它的开山始祖是梁羽生和金庸。

武当山南神道一景

（二）"武侠"的内涵及武侠小说的起源

提到武侠小说，首先应对"武侠"有

武当山古神道上的神龛

一个全面的认识。先秦的韩非子在《韩非子·五蠹》中第一次提出"侠"的概念，文中说："儒以文乱法，侠以武犯禁，而人主兼礼之，此所以乱也。"从这段文字中我们可以得知，韩非子站在统治者的立场上，对"侠"是否定的，也就是说在统治者眼里，"侠"和知识分子一样都是被人们所讨厌的，都是扰乱社会秩序的人。"儒者经常提意见，'侠'不提意见而直接捣乱，他们都属于社会的蠹虫，应该好好镇压的"。但是韩非子在文中对"侠"作了解释："其带剑者，聚徒属，立节操，以显其名而犯五官之禁"。第一个"侠"的形象就这样"诞生"了。从外在上看，是

"侠"就得佩戴剑；从内在上讲，是一种道
德品德内涵。西汉历史学家司马迁在其著作
《史记》中提到游侠的本质是"救人于厄，
振人不赡，仁者有乎！不既信，不倍言，义
者有取焉"。《史记·游侠列传》中说："今
游侠，气象虽不轨于正义，然其言必信，其
行必果，以诺必诚，不爱其躯，赴士之阨困。
既已存亡生死矣，而不矜其能，羞伐其德，
盖亦有足多者焉。"司马迁这段论述，是对
武侠精神非常好的概括。主要是说，他们的
言行是不合乎社会主流的，但是他们言必信、
行必果；不过分爱惜自己的生命，而是帮助
别人解决困难，"存亡死生"就是救别人的

武当山古神道一景

生命；救助了别人之后，又"不矜其能"——不夸耀自己，而是经常为别人办了好事之后，拂袖而去——用我们今天的话说，就是做了好事不留名。这段话中司马迁对韩非子完全从统治阶级意志出发的"侠义观"作了"反驳"，进一步勾勒出了"游侠"的精神面貌，"游侠"的"出场"成为世人崇尚的道德风标。从"侠"到"游侠"，其地位是不一样的，"侠"是被统治者看成危害社会治安的扰乱者。在社会上的认可度较低。而"游侠"已开始作为一种社会道德风尚，得到了人们的认可。

关于"侠"，有"游侠"也有"豪侠"，

武当山道士

《七侠五义》与中国古代武侠小说

山中云雾缭绕，
仿佛仙境一般

最初出现"豪侠"一词是在班固的《汉书》中，在《游侠传》中，郭解被杀后，"长安炽盛，街间各有豪侠"。由"侠"到"游侠"再到"豪侠"，"侠"的行为开始由原来的社会道德崇尚变为平民大众的道德准则，由"崇尚"变为"风尚"。"豪侠"在实践中对"侠"作了进一步的阐释和补充。从《后汉书》起，不是不存在侠客了，而是史家不再为他们作传而已。魏晋南北朝的诗篇、唐代的传记、宋代的话本，其中侠客的形象不少都带有其生活年代的印记，只不过东汉以后游侠已经不再进入正统史学家的视野之内了。并且后代对"侠"所下的定义大都是对韩非、司马迁所下定

百崖槽山涧风光

义的解释和补充。

那么我们今天所说的"武侠"又是从什么时候开始的呢？其实武侠小说中"武侠"真正的由来，却出于日本明治时代后期通俗小说家押川春浪的《武侠舰队》，然后辗转由旅日文人相继采用，流传回国。1904年，蒋智由为梁启超的《中国之武术道》作序，引进了"武侠"的概念。1915年，包笑天把林纾创作的文言短片小说《傅眉史》命名为"武侠小说"。从此武侠小说以新的面貌登上文坛，又凭借其特有的内涵吸引了无数的读者。但这并不意味着中国之前没有类似的小说出现，魏晋南北朝时期的志人志怪小说，特别是刘义庆的《世说新语》已经有了侠义之士的精神内涵，虽然只是一些文人墨客的言谈举止，但内在追求精神自由狂放的实质却是相通的。从某种意义上来讲，《世说新语》为武侠的发展提供了内在的精神支持，而早期的民歌则为其提供了侠士的意象。到了唐代，传奇小说的发展将侠士从民歌、诗歌、散文、传记当中独立出来。《虬髯客传》

被称为武侠小说的鼻祖。它表现的是豪情侠士的情结。当中的"风尘三侠"历来被人称颂。武侠小说发展到此，已从以往的文学片断发展到独立地展现表现客体，从以往的诗歌想象当中变为侠士主体的描述，从此侠士成为武侠小说中的主要描述对象，以其为载体去展现侠士的精神。在表现手法上又超越了前人的创作，其可读性又丰富了市井文学。到了宋朝，武侠小说继续发展。宋代的话本及笔记中记载了许多武侠小说。在宋代，市肆繁荣、商业发达，为了娱乐市民，各种杂耍、伎艺也就应运而生了。话本，即为说书艺人的底本，话本小说大多采用白话写作，这也就更有利于吸引中下层的民众。其中有不少是写武侠的，例如有许多描写水浒英雄好汉的故事，如《武行

华山西峰绝壁

中国古代武侠小说概述

华山群峰

者》《花和尚》等，这些民间流传的故事，后经施耐庵的加工整理，便成了侠义小说《水浒传》中的内容。

到了明清，武侠小说进入繁盛阶段，这一时期出现了著名的长篇小说《水浒传》。《水浒传》树立了当时白话武侠小说的一个典范，也开创了我国长篇武侠章回体小说的先河。

中国武侠小说的发展，是一个由小到大，由简单到丰富，由娱乐性到审美性的发展过程。从民歌到诗歌，从唐传奇到宋元话本，从明清公案小说到民国时期旧武侠小说，其渊源一直在流传、发展，从未间断过，并成为文学领域中的一支新军。

二、武侠小说的萌芽阶段

古代佩剑

中国古代武侠小说是指从先秦两汉至清代末年的武侠小说。关于古代武侠小说的源起、发展与演变，向来有很多种不同的说法。

先秦两汉至魏晋南北朝时期为中国古代武侠小说的起源、萌芽和成长阶段，这个阶段的主要作品有无名氏的《燕丹子》，干宝《搜神记》中的《干将莫邪》《李寄斩蛇》，刘义庆《世说新语》中的《周处》，苟氏《灵鬼志》中的《外国道人》等。

（一）第一部武侠小说——《燕丹子》

《燕丹子》是中国武侠小说的第一部

作品。《燕丹子》全篇所叙，乃是荆轲刺
秦王的故事。其内容梗概为：燕太子丹，
入秦为质，因秦王无礼，设法归燕后，罗
致勇士，似期报复。其傅鞠武劝阻无效，
只得荐田光于丹。太子厚待田光。田光因
自己已年迈，无法效力，又转荐荆轲，荆
轲得太子丹三年的极度优厚礼遇，决心入
秦为其谋刺秦王，以死相报。太子丹于易
水为荆轲及其副手武阳送行。荆轲临行前，
高歌一曲云："风萧萧兮易水寒，壮士一
去兮不复还。"高渐离击筑，宋意和之。
其时，"为壮声则怒发冲冠，为哀声则士
皆流涕"。入秦后，荆轲以秦之仇人樊於

荆轲刺秦王画像石

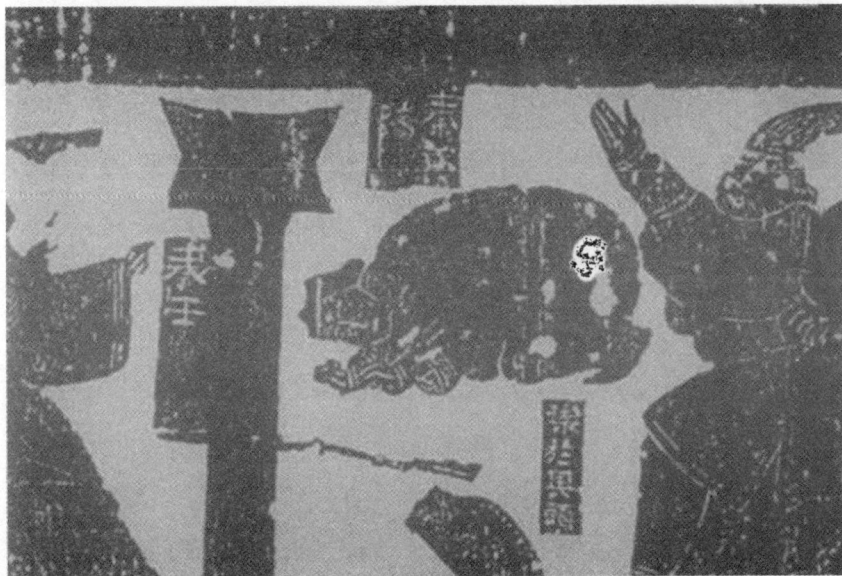

武侠小说的萌芽阶段

015

期的首级与燕督亢地图作进身之阶，获得秦王信任。于是，他借献图之机，"左手把秦王袖，右手揕其胸"，拟杀秦王。后来误中对方缓兵之计，反受其害。临死，荆轲倚柱而笑，箕踞而骂，曰："吾坐轻易，为竖子所欺，燕国之不报，我事之不立哉！"

《燕丹子》最为人称道的是它为我们塑造了先秦时代的游侠群像。从这篇小说的具体描写来看，贯串全篇的中心人物无疑是燕丹子。小说从他"质于秦"的逆境生涯开始，写他不甘忍受屈辱而

《荆轲刺秦王》连环画

逃归燕国，并发誓要报仇雪恨，乃至寻觅刺客对秦王行刺，最终由田光引出荆轲，两人从会面到相识相知，以至授以重任，最后不幸失败的全过程。在作者笔下，燕丹子是一个颇具正义感的少年英雄。为了雪耻，并实现灭秦的宏愿，在当时敌强我弱的形势下，只能实行"行刺"的极端手段，四处网罗能担此重任的游侠，从田光到荆轲，他都给予了优厚的礼遇。然而，他又是一个心胸褊狭、急于求成的青年统治者，血气方刚、不善忍耐、又较少心计。为了复仇，这类性格的弱点被他的礼贤下士、

华山下棋亭

谦虚求士所替代了。小说较好地展现了燕丹子求贤若渴的任侠形象。他在逃归燕国后，先问计于麴武，得到了田光。小说描写他见到田光时，"侧阶面迎，迎而再拜"，并安排他居以上馆，"三时进食，存问不绝，如是三月"。也正因此番盛意感动了田光，由他荐举，将荆轲推上了前台。燕丹子把荆轲奉为上卿，两人会面时，益发谦恭有礼。为了博其欢心，拼命迎合他的意志，不惜采用黄金投蛙、杀马进肝、断手盛盘等各种手段，以示厚爱。出现在我们视野中的燕丹子，完全是一个真实生动的"卿相之侠"的艺术形象。

《燕丹子》的内容是写侠客义士扶弱反暴、以武犯禁、行侠仗义之事。鲁迅在《中国小说史略》中说其主旨是"揄扬侠勇，赞美粗素"，这与后来的武侠小说是一脉相承的。虽然在游侠的形象塑造上有一定成就，但由于它故事构思、布局、剪裁及表现手法等方面还很欠缺，所以它只能算作武侠小说的雏形。

（二）魏晋南北朝时期侠义题材文学作品

魏晋南北朝时期侠义题材的文学作品，主要包括武侠小说和游侠诗两大类。武侠小说主要指《搜神记》《世说新语》等，志人志怪笔记小说中的侠义题材作品，共十五篇左右。例如《搜神

《搜神记》》
中收集了一
些武侠小说

武侠小说的萌芽阶段

记》中的《干将莫邪》《李寄斩蛇》，《世说新语》中的《周处》等。《干将莫邪》写的是赤为父报仇的故事。不仅揭露了封建暴君残害人民的罪行，而且突出地表现了我国劳动人民反抗压迫的英雄行为。书中侠客见义勇为、自我牺牲为赤复仇的豪侠气概，也反映了劳动人民在反抗压迫的斗争中团结友爱。刘义庆的《世说新语》是写三国至两晋时期士族阶层的言行风貌和逸事琐语的笔记小说。此书不仅保留了大量反映当时社会生活的珍贵史料，而且语言简炼、文字生动

《世说新语》收集了许多三国两晋时期的笔记小说

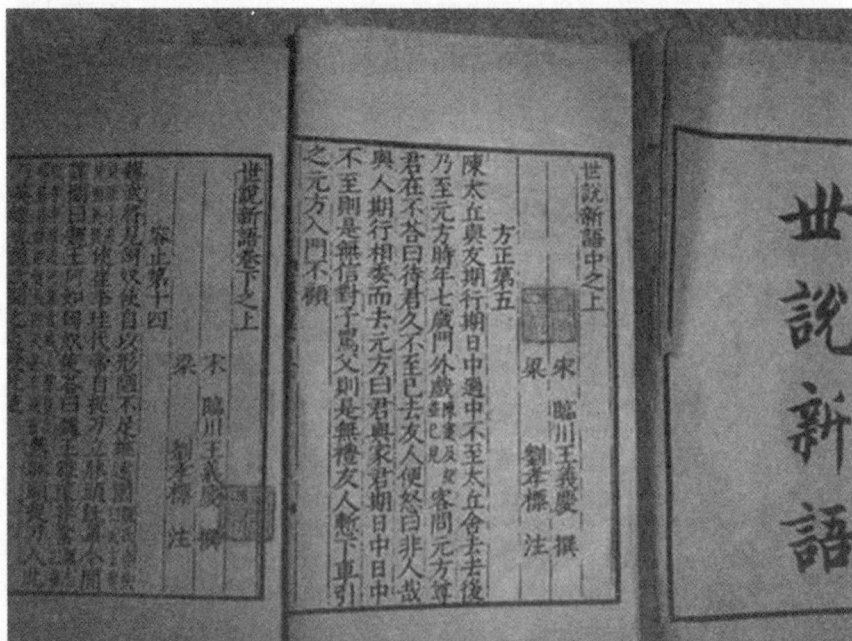

《七侠五义》与中国古代武侠小说

鲜活，是一部文学价值极高的古典名著。自问世以来，便得到历代文士阶层的喜爱和重视，至今仍在海内外广为流传。

《世说新语》在艺术上具有较高的成就，鲁迅评价它"记言则玄远冷俊，记行则高简瑰奇"，可以视作此书在艺术上的总的特色。《世说新语》善于通过富有特征性的细节描写勾勒人物的性格和精神面貌，使之栩栩如生。如《忿狷篇》描写王蓝田性急，几个小动作就把他的性急刻画了出来。它还善于用对比的手法，突出人物的性格。如《德行篇》记"管宁割席"的故事，通过管宁、华歆的

《世说新语》石刻（局部）

武侠小说的萌芽阶段

对比，揭示了两人品格的优劣。篇幅虽短，但却很精彩。善于把记言记事结合，也是该书在艺术上的主要特色。如《雅量篇》描写晋孝武帝见了彗星后的心情，他深夜进入园中对星空举杯祝酒说："长星劝而一杯酒，自古合时有万岁天子！"这种行动和语言，把他在见到彗星后故作达观的心情完全表现了出来。此外，该书语言精炼含蓄，隽永传神。

上述作品都体现出了很高的艺术水平，由此可见武侠小说在当时已纳入了文学家创作的视野。在它们身上已经初步形成了武侠小说所独有的叙述主体和审美风格。

华山一景

《七侠五义》与中国古代武侠小说

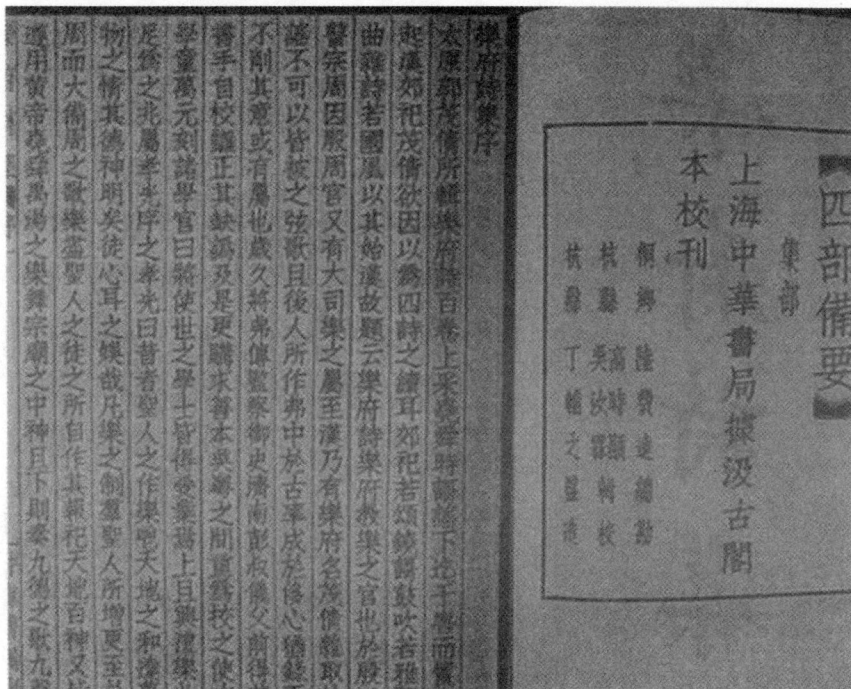

《乐府诗集》

魏晋南北朝时期侠义题材的游侠诗，主要出现在郭茂倩所编的《乐府诗集》中，另外，这一时期的文人五、七言诗中也有侠义题材的描写。这一时期游侠诗进入繁盛时期，以曹植、陶渊明、鲍照、庾信等为代表的诗人，创作了大量的吟咏游侠的诗歌作品，诗人根据当时的社会环境和自己的理想，重新塑造了侠的形象，他们笔下的游侠在国家危亡、人民有难时挺身而出、奋不顾身，救国家人民于水火之中。他们武艺高超而又个性奔放，喜欢名马、美酒、宝刀、美人，这是

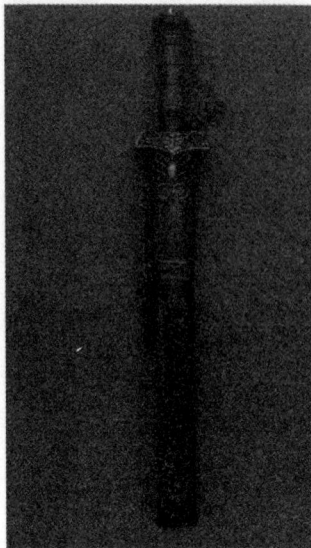

莫邪剑

与这一时期小说中侠客形象截然不同的另一形象。

虽然这一时期作品中武侠小说的数量很少，但是其自身具有叙事特征，对后来武侠小说的发展产生了深远的影响，而游侠诗则对这一时期侠义题材的文学创作起到了补充的作用，二者相辅相成、相互补充，共同构成了魏晋南北朝时期的侠文化。而且在魏晋南北朝时期，随着文学意识的觉醒，武侠小说开始出现了相对成型的叙事主题，这一时期武侠小说主要有夺宝、复仇、行侠和成长四个主题。

1. "夺宝"主题

"夺宝"，即使用暴力获得不属于自己的宝物。其特点是"暴力获得"和"非己之物"。这一时期武侠小说中最早的夺宝主题小说应该是《列异传》中的《干将莫邪》，后来又出现了同一题材的小说《三王墓》。而这两篇小说的素材是《吴越春秋》中记载的有关干将莫邪铸剑的故事。这一时期出现的夺宝主题的小说对后世武侠小说的影响是巨大的，以夺宝为情节线索和叙事主题的作品层出不穷。

2. "复仇"主题

这一时期最有名的"复仇"主题小说当推《干将莫邪》和《三王墓》，这两篇小说中复仇的故事是从夺宝开始的，复仇者为实现目的，采取了一系列的手段，宝物在复仇过程中起到了关键作用。在《三王墓》中，赤比的复仇之路就是先询问父亲死因，继而解谜寻剑，最后进行复仇。复仇主题的出现，大大丰富了武侠小说的表现内容。

3. "行侠"主题

"行侠"，简而言之，就是指侠客使用自己的力量来无私地帮助他人，使之克服困难、达成愿望的行为。由于行侠主题狭小，内容很难展开，并且缺少悬念，所以行侠主题并不具有吸引力，这就需要小说家对这一主题加以改造，他们用渲

"行侠"是武侠小说的主题之一

武侠小说的萌芽阶段

染侠客行侠过程的曲折、对行侠过程的细节描写等方法，来克服这一主题自身的弱点和缺陷，通过小说家的改造，侠客行侠由短小无趣变得紧张刺激。魏晋武侠小说中对"行侠"主题的改造只是刚刚开始，后代又延续和发展，深化了这一改造，使之成为了武侠小说的永恒主题之一。

4．"成长"主题

"成长"主题是指主要内容讲述主人公成长经历的小说。这一时期武侠小说中的"成长"主题已经很完备了，主

"成长"主题主要讲述
主人公成长的经历

要作品有《周处》《戴渊》，值得一提的是，这一时期武侠小说中的"成长"主题与后来武侠小说中的"成长"主题是截然不同的，因为这一时期的"成长"主题主要表现的是侠客的浪子回头，向儒家传统回归。

成长主题表现的是侠客的浪子回头，向儒家传统回归

魏晋时期武侠小说中夺宝、复仇、行侠和成长主题的出现标志着武侠题材正式从历史叙事中分离出来，并走向文学叙事。同时这一时期的武侠小说叙事主题，满足了武侠小说本身的文学发展需要，为后来唐代豪侠小说的繁盛提供了准备。

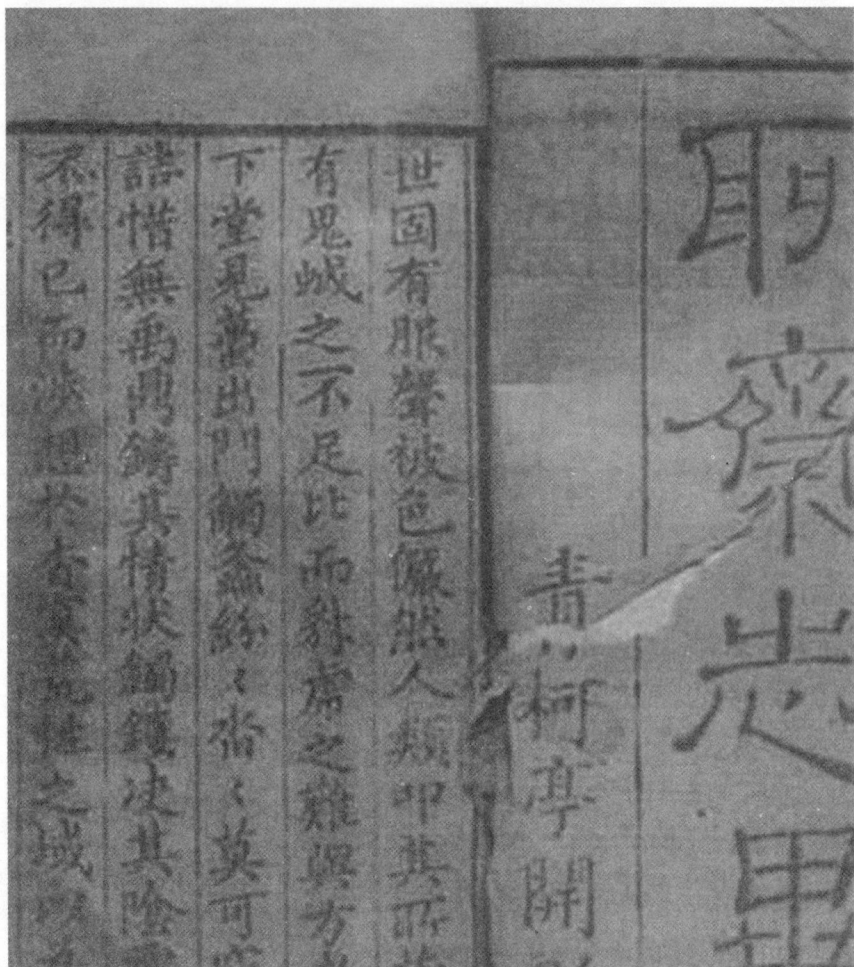

志怪小说《聊斋志异》旧书影

先秦两汉至魏晋南北朝时期，为中国古代武侠小说的起源、萌芽和成长阶段，这个阶段武侠小说的艺术特点主要是受"志怪小说"的神奇、夸张等浪漫主义创作手法的影响，同时也吸收了一些荒诞、幻化等消极的东西。

三、武侠小说的形成阶段

中国小说发展到了隋唐时期，进入了一个新的阶段。鲁迅说："小说亦如诗，至唐代而一变，虽尚不离于搜奇记逸，然叙述婉转，文辞华艳，与六朝之粗陈梗概者较，演进之迹甚明，而尤显者乃在是时则始有意为小说。"唐代小说家在继承魏晋时期志怪小说的基础上，广泛吸取了汉赋、史传、诗歌和散文的精华，在前代杂记体小说的基础上开创了全新的杂记体小说形式——传奇小说。这一称谓始自晚唐裴铏的《传奇》一书，后来人们便把它概称为传奇小说，这其中存有大量武侠小说。

唐代传奇小说插图

《七侠五义》与中国古代武侠小说

古铜镜

（一）唐传奇——武侠小说的始祖

唐代传奇根据它的历史发展情况，可分为三个时期：

初唐时期，是传奇小说发展的萌芽时期。这一时期作品数量很少，仅存《古镜记》等三篇，王度的《古镜记》是现存唐代小说中最早的一篇，虽然小说故事主要宣扬迷信和天命无常的消极思想，但该书在结构上比以前有了很大的进步。这一时期的小说，在艺术上虽然注意到描摹形象和整体结构。但总的说来还不够成熟。可以说是由六朝志怪小说到成熟的唐代传奇小说

《枕中记》中卢生头枕青瓷枕入睡，在梦中享尽荣华富贵

之间的一个过渡阶段。

　　盛唐至中唐，是传奇小说的黄金时期。出现了许多著名的作家和作品。从内容上说，反映现实生活的作品占据了主要地位，即使谈神说怪，也往往具有社会现实内容。沈既济的《枕中记》，作品写卢生在邯郸逆旅中，借道士吕翁的青瓷枕入睡，梦中经历了他生平热烈追求的"出将入相"的生活。一梦惊醒，还不到蒸熟一顿黄粱饭的工夫。于是他大彻大悟，万念俱息。李公佐的《南柯太守传》，作品除受"焦湖庙祝"的启示外，还受《搜神记》"卢汾梦入蚁穴"的影响。小说写一个人在梦中的所见所闻，梦醒后，从此深感

《柳毅传》雕塑

人生虚幻，于是出家为道，不问世事。

　　这一时期传奇小说成就最高的是以爱情为主题的作品，如沈既济的《任氏传》、李朝威的《柳毅传》、蒋防的《霍小玉传》、白行简的《李娃传》、元稹的《莺莺传》，许尧佐的《柳氏传》等。《任氏传》和《柳毅传》都是具有神怪色彩的爱情小说。《任氏传》是中唐沈既济的一部狐女美情小说。作者结合传奇和现实主义的创作原则，以蕴涵人性和神异性的女性为主体描写，塑造了一位既具有独立顽强个性，又具有传统美德的女性形象，狐女形象就任氏而发生了一次质的飞跃，"开后世赋予狐精以

《柳毅传》插图

美好形象的风气"。李朝威的《柳毅传》，写的是一个爱情的神话故事。在唐代仪凤年间，有个落第书生柳毅，在回乡途中路过泾阳，遇见龙女在荒野牧羊。龙女向他诉说了受丈夫泾川君次子和公婆虐待的情形，请求柳毅带信给他父亲洞庭君。柳毅激于义愤，替她投书。洞庭君之弟钱塘君闻知此事，大怒，飞向泾阳，把侄婿杀掉，救回了龙女。钱塘君深感柳毅为人高义，就要龙女嫁给他，但因言语傲慢，遭到柳毅的严词拒绝。其后柳毅续娶范阳卢氏，实际是龙女化身。他俩终于成了幸福夫妇。本篇虽以神话作题材，但从整篇看，既富于浪漫气氛，同时表现出的现实意义又极为深刻。它所概括出的问题，如家庭矛盾、封建社会的矛盾以及现实生活中所存在的其他具体矛盾，处处都和现实生活的发展、变化分不开，是具有一定进步意义的一篇作品。蒋防写的《霍小玉传》则纯写人间爱情悲剧。小玉是一个没落贵族的爱女，后沦为歌妓，同书生李益立下婚誓。后李益别娶卢氏，小玉因此忧愤而死。情节虽较简单，然文笔翘楚曲折，生动深刻。作

者以最大的同情，把霍小玉塑造成一个温婉
美丽，受尽凌辱而不肯屈服的悲剧形象。该
篇结构严谨、形象完美、富有典型意义。白
行简是白居易之弟，《李娃传》是他的杰作。
传中述荥阳公子某生恋一娼女，名李娃，后
因穷困为女所弃，遂流落为歌童。其父为显
官，见之，怒其有辱门楣，鞭之几死，抛弃
路旁。后李娃感其情，与之结婚，从此努力
读书，得登科第，授成都府参军，恰值当时
其父为剑南采访使，因此父子和好如初。《李
娃传》的情节较复杂，富有戏剧性，波澜曲
折，布局谨严，表现了很高的小说技巧。其
中几个主要人物的形象，刻画得非常真实而

《李娃传》手绘

武侠小说的形成阶段

又生动。语言精简工细，叙事很有条理，富于组织和表现能力。在这篇作品里，市民的生活气息反映得颇为鲜明。但书中也显现出了作者的思想局限，它为后世的戏剧、小说提供了一种廉价的俗套。

晚唐时期。这一时期，文人对传奇小说这一文体更加重视，出现了大批传奇专集。代表作品有牛僧孺的《玄怪录》、李复言的《继玄怪录》、牛肃的《纪闻》、薛用弱的《集异记》、袁郊的《甘泽谣》、裴铏的《传奇》、皇甫枚的《三水小牍》等。这些专集中虽有可喜之作，但总的

《玄怪录续玄怪录》

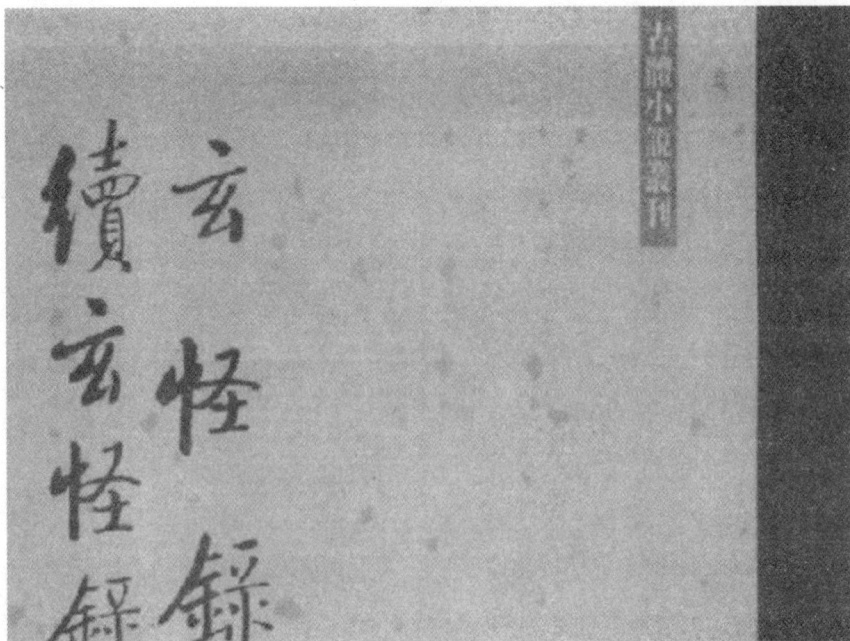

《虬髯客传》插图

来看，倾向于搜奇猎异、言神志怪，六朝遗风浓重，现实主义内容受到削弱。然而这一时期的传奇也表现了一些新的题材，描写剑侠的作品，便属此例。杜光庭的《虬髯客传》中讲述了唐贞观十四年（640年），李靖的妻子张出尘因病去世。这时李靖已经70岁了，晚年丧妻令李靖老泪纵横、痛不欲生。他似乎意识到，自己的生命也将走到尽头了。张出尘是李靖的结发之妻，也是李靖的红颜知己。数十年来，他们同甘共苦，两情不渝。如今，妻子先自己而去，又怎不令李靖悲从中来、不能自已！张出尘虽然在正史中默默

虬髯客是智慧和
侠义的化身

无闻，但在民间传说中，却是一个奇女子，是隋末"风尘三侠"之一。她慧眼识英雄的故事乃千古佳话。

张出尘本是隋朝权臣杨素的侍妓，常执红拂立于杨素身旁，因此她又被人称为红拂妓、红拂女。红拂女初识李靖的时候，李靖还是一个毛头小伙子。由于杨素当时执掌朝政，每天前来拜谒杨素的达官贵人、英雄豪杰非常多。忽然有一天，一个身着布衣的青年来见杨素，向杨素畅谈天下大势。此人身材伟岸、英姿勃勃、神态从容、见解非凡。红拂阅人无数，还从未见过这样的人物，不禁一见倾心。红拂女打听到这个布衣青年名叫李靖，住在长安的某旅馆中。于是，当天夜里，红拂女便找到李靖的住所，以身相许，与李靖私奔了。一个妙龄少女与自己梦中的白马王子一见钟情，相约私奔，这在今天的人们看来尚能理解，但在当时被视为是伤风败俗的淫荡行为，红拂女风尘之中识李靖，真可谓惊世骇俗之举！李靖与红拂女在私奔途中，又巧遇想来中原建功立业的大侠虬髯客。三人惺惺相惜，决心在乱世中成就一番事业……

篇中故事情节和两个主要人物红拂女、虬髯客均出虚构，主旨在表现李世民为真命

红拂女

酒楼上的约会、小客栈的奇遇等都是武侠小说常见的情节

天子，唐室历年长久，非出偶然，由此宣扬唐王朝统治的合理性。描写人物颇为精彩，对红拂女的勇敢机智、虬髯客的豪爽慷慨刻画尤为鲜明突出，文笔亦细腻生动，艺术成就在唐传奇中属于上乘。正如武侠小说大家金庸所说，这篇故事，"有历史的背景而又不完全依照历史；有男女青年的恋爱，男的是豪杰，而女的是美人；有深夜的化装逃亡；有权相的追捕；有小客栈的借宿和奇遇；有意气相投的一见如故；有寻仇十年而终食其心肝的虬髯汉子；有神秘而见识高超的道人；有酒楼上的约会和坊曲小宅中的秘谋大事；有大量财物的慷慨赠送；有神气清朗、顾盼炜如的少年英雄；有帝王和公卿；有驴子、马匹、匕首和人头；有弈棋和盛筵；有海船千艘甲兵十万的大战等等，所有这些内容，在现代武侠小说中都是可以时时见到的。金庸称《虬髯客传》是中国武侠小说的鼻祖是很有道理的。

虽然晚唐传奇数量不少，但无论从思想内容或艺术成就上看，都远逊于中唐时期的作品。

（二）唐传奇兴盛的原因

上面我们简要叙述了唐代传奇小说的发展，不难发现，唐传奇得到了充分的发展，那么唐传奇兴盛的原因是什么呢？其实唐传奇兴盛的原因是多方面的。概括起来主要有以下两个方面：

第一，是唐代社会提供的条件。唐朝是中国历史上一个强盛的时代，政治经济的发展，促进了文学的发展，这是唐传奇兴盛的原因之一。另一方面，唐代社会的进步、都市的出现，使人与人之间的来往密切了，出现了各种悲欢离合的故事，还有人生得失的反省，政治上尔虞我诈的斗争、宗教的流行等，这些都可以在小说中出现，所以丰富的社会生活是唐代小说蓬勃发展的主因。

第二，是文学本身的条件。

（1）小说体裁的发展。魏晋南北朝的志人志怪小说为唐传奇的出现提供了基础，例如一些志怪的作品成为唐传奇创作的题材；而志人小说由写鬼怪的风气转而写人事，这对文人的创作也有很好的启示。唐传奇的发展，由初期的神怪故事，如《古

唐代的繁荣促进了武侠小说的发展

武侠小说的形成阶段

《长恨歌》歌舞表演

镜记》，到后来的半人半鬼，如《离魂记》，到纯人事的描写，如《李娃传》，可以看到这种发展的痕迹。

（2）其他文学样式的配合。宋人赵彦卫《云麓漫钞》评价唐人传奇说："盖此等（指唐传奇）文备众体，可见史才、诗笔、议论。"如传奇写人物与史传有关系，传奇和"古文运动"有关系，传奇篇后的议论与史评有关系，例如《长恨歌传》之于《长恨歌》。

（3）"变文"和"说话"两种文艺形式对唐代传奇的影响。变文以讲唱佛经故事为主，音乐成分很重，主要是《游仙窟》这类作品。说话是中国本土发展而来的一种说故事的技艺，如《李娃传》、元稹《酬翰林白学士代书一百韵》等。

总之，唐传奇兴盛的原因，一为记叙文学的发展：唐传奇是在魏晋南北朝志人志怪小说的基础上，在史传文学的基础上发展成熟起来的。二为社会的发展：复杂的社会生活为传奇创作提供了丰富的题材。这二者是唐传奇兴盛的主要原因。

（三）唐传奇的艺术成就

鲁迅在《中国小说史略》中说："小说亦如诗，至唐代而一变，虽尚不离于搜奇记逸，然叙述婉转，文辞华艳，与六朝之粗陈梗概者较，演进之迹甚明，而尤显者乃在是时则始有意为小说。"唐传奇丰富的思想内容，是通过优美的艺术形式表现出来的。

《中国小说史略》封面

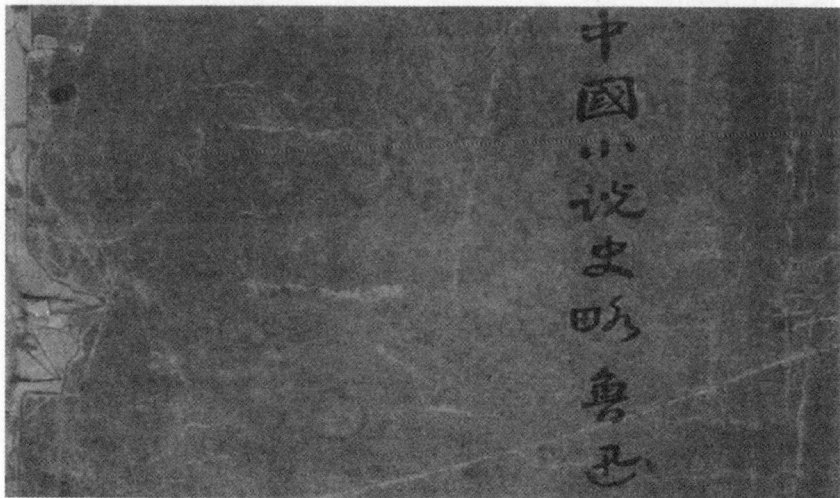

武侠小说的形成阶段

1.唐传奇创作方法上的两种基本倾向

唐代传奇继承和发扬了史传文学现实主义的传统，也汲取了神话、志怪小说的浪漫主义精神，使唐传奇小说在创作上发展到一个新的水平。唐传奇中有不少描写现实生活的作品，比较注意对人物生活环

唐传奇的素材大多来源于市井生活

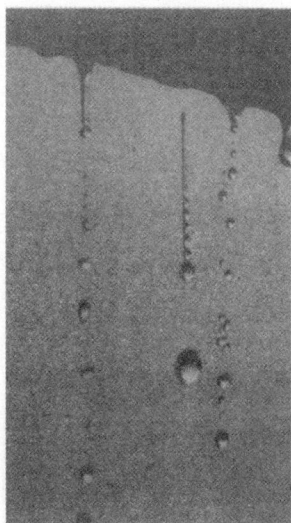

小玉日夜思念李益，痛苦不堪

境真实的描写，不加雕饰。作家抱着积极干预生活的态度，对生活的观察相当深刻、细致。表现在创作中，不但细节描写上是真实的，塑造了典型环境中的典型人物，并且通过情节发展表现出来的倾向性也较鲜明。《霍小玉传》中对霍小玉形象的塑造，就是一个较好的例子。

作者通过对人物生活环境及个性化的语言、行动、神态的描写，真实地塑造了霍小玉这一温婉美丽、受尽封建社会压迫凌辱而不肯屈服的悲剧形象。她本是霍王死后以庶出被逐，沦落为娼。这种不幸的经历，使她深刻地认识到封建家族的冷酷无情。因此，即使在李益最迷恋她的时候，霍小玉也总是涕泪盈眶，相信被弃的命运是必然的。然而现实比想象还冷酷，连她那希望欢爱八年之后，即永遁空门的最低要求也终归破灭。她不甘心就此罢休，连年变卖服饰，嘱托亲友，到处探寻李益。此时，一个受尽封建社会压迫而不甘屈服的形象已跃然纸上。进而又通过韦夏卿对李益的规劝、黄衫客的打抱不平，极其鲜明地表现了作者爱与憎的思想倾向。当霍小玉的希望一旦幻灭，缠绵的爱便立刻转化为强烈的恨。作者这样描写她和李益的最后见面：

玉沈绵日久，转侧须人。忽闻生来，欻然自起。更衣而出，恍若有神。遂与生相见，含怒凝视，不复有言。羸质娇姿，如不胜致；时复掩袂，返顾李生。感物伤

霍小玉日夜思念李益，却唤不回他的真心

人，坐皆歆歔。顷之，有酒肴数十盘，自外而来。……因遂陈设，相就而坐。玉乃侧身转面，斜视生良久，遂举杯，酹地曰："我为女子，薄命如斯。君是丈夫，负心若此。韶颜稚齿，饮恨而终。慈母在堂，不能供养。绮罗弦管，从此永休。徵痛黄泉，皆君所致。李君李君，今当永诀！我死之后，必为厉鬼，使君妻妾，终日不安！"乃引左手握生臂，掷杯于地，长恸号哭数声而绝。

莺莺最终被负心人抛弃

在生动的性格冲突中，故事被引入了高潮，完成了人物形象的塑造，这正是唐传奇现实精神的体现。

2. 严谨完整、波澜起伏的艺术结构

唐传奇篇幅一般较短，但结构严谨完整、波澜起伏、曲折有致、富于悬念，颇具长篇小说的规模。唐传奇的作者们借鉴《史记》《汉书》等史传散文和《大人先生传》《桃花源记》等文人作品的传记写法，同时汲取了六朝志怪小说和稗官野吏在情节处理、艺术构思上奇异新颖、富于变化的特点，创立了小说领域内的传奇体。如《莺莺传》，叙述了崔莺莺和张生的爱情故事。通过崔莺莺对张生始而峻拒，继而委身，终于哀求的过程，成功

武侠小说的形成阶段

地塑造了一个既矜持又多情的女子形象。整个始乱终弃的爱情故事，一波三折，环环相扣，极富故事性。再如《霍小玉传》，结构颇具匠心，全文以霍小玉临终前与李益相会为悲剧冲突的高潮，"在高潮前有层层烘托，高潮后有余波尾声，使故事波澜起伏、曲折有致。作品对人物描写也层次井然，极为出色"。

3. 丰富多样、栩栩如生的人物描写

大多唐传奇以人物及其故事作为描写对象，注重个性化描写，塑造了大量个性化的人物和独特的艺术形象。例如，李益和张生都是负心薄行的士人，而他们的个性却截然不同。李益的好色、虚荣、轻狂，是外露的。辜负盟约后，自感心虚理亏，对霍小玉采取

唐传奇中描写了许多女子遭负心人抛弃的故事

《七侠五义》与中国古代武侠小说

欺瞒躲匿的方式。张生则表面上摆出正人君子的面孔，无耻地然而又是理直气壮地为自己的行为辩护。霍小玉和李娃同是忠于爱情的妓女，小玉显得痴情、善良、单纯；李娃则深于世故、老练沉着；再如，任氏和龙女都属"异类"女子，基本上是神话形象，而任氏的形象性格近乎风尘女子，龙女则更像现实生活中的名门闺秀。

总之，在唐传奇所塑造的同一类人物中，有共性，更有鲜明的个性，每个人物的性格都与他们的地位、身份、经历相关，是独特的个体。

4. 精警华丽、通俗易懂的语言艺术

唐传奇继承了古代散文和骈体文以及诗歌、民间俚语俗谚中有生命力的词汇，

唐传奇中塑造了一批敢爱敢恨、富有正义感的女性形象

武侠小说的形成阶段

也汲取了前人在语言结构方面严谨而又灵活、精炼而又准确的优良传统，形成了唐传奇独特的语言风格。

张文成的《游仙窟》充当了由志怪小说过渡到传奇小说的先锋角色，艺术手法上由粗略质朴演化为繁复细腻。文章不拘一格，既有骈文、散文，又有诗歌及俚语俗谚，不仅为早于它的六朝志怪小说所没有，就是后来续出的许多传奇中亦不多见。在这一点上，张文成很有独创性，敢于闯出自己的道路。而且他把诗歌谚语揉杂在这一篇作品中，也比较适合，令人有活泼洒脱、浅显清新之感。所以，尽管《游仙窟》

《游仙窟钞》插图

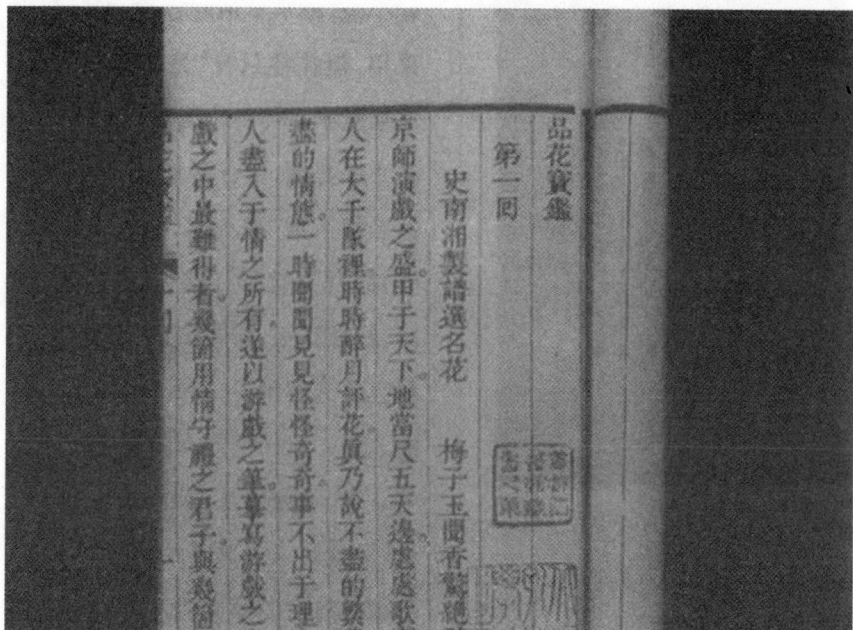

《游仙窟》

的内容只是写一次偶然发生的艳遇，但语言艺术上却有一些成就。正如鲁迅所说："其实他的文章很是轻佻，也不见得好，不过笔调活泼些罢了。"

继《游仙窟》之后的唐传奇，语言"入于文心"，汲取了"文"的长处，大量运用描写性质的形容词和骈偶句，使语言显得华艳。与汉魏六朝的笔记小说相比，唐代传奇中的形容词已大大增加。以有关描写女性容貌的词汇来说，有些汉魏六朝小说，根本不用形容词，有些虽然偶有采用，但往往只有"美""美丽""甚美"等寥寥数字。传奇小说形容女性的容貌往往不

《南柯太守传》中古槐

厌其烦，争奇竞艳，或"妖姿媚态，卓有余妍"，或"琼英腻云，连蕊莹波，露濯姿舜，月鲜珠彩"，或"露出琼英，春融雪彩，脸欺腻玉，鬓若浓云，娇而掩面敝身，虽红兰之隐幽谷，不足比其芳丽也"。除此之外，唐传奇还大量运用了骈丽的文句。像《柳毅传》《南柯太守记》《长恨歌传》等就间杂了很多四言和六言的对句，与叙述故事的散文相互辉映，雅俗交融。

同时，唐传奇的语言也日趋通俗化，这主要是由于唐传奇更加广泛地运用了市井间的俗言口语。在唐传奇中，人称代词往往直接用"我""你""他"。《云溪友议·蜀僧喻》中称呼和尚用上了俗而又俗的"尿屎袋"。《柳氏传》中称妓女为"章台柳"。"古老""颜面""眼皮""手子""腰肢"等流行于中原地区城市居民的口头语，更在《游仙窟》中层出不穷。另外，唐传奇还大量引用民间歌谣，如《东城老父传》中"生儿不用识文字"的民谣，《云溪友议·真诗解》中"当时妇弃夫"的俚语。华艳与通俗这一对矛盾在唐传奇中奇妙地结合起来。

四、武侠小说的成熟阶段

少林塔林

武侠小说，经历了唐代的繁盛后，在宋元时期进入了积淀和整理期。这一时期的武侠小说分为文言短篇武侠小说和白话武侠小说。文言短篇武侠小说继承了唐代的发展，在传奇的路上继续演进；话本体也开始被应用到武侠题材中，出现了少许白话短篇武侠小说，为明清白话长篇武侠小说的产生奠定了基础。从此，以文言短篇小说为主流的宋以前小说史，从宋代开始，逐渐转为以白话小说为主流的小说史；中国小说史自此由文言、白话两条线索交互发展，它们既有各自的特点，又相互吸收、相互渗透、千姿百态、高潮迭起，在中国文学史上小说所占的分量越来越重，地位也越来越高。

（一）宋代文言短篇武侠小说

宋代文言短篇武侠小说继承了唐代传奇等的格调。这一时期，文言短篇小说大体分为三种类型：一是传奇体，这是唐人小说的余绪；二是笔记体短篇小立，它是童年期志人小说的演化；三是志怪体，这是童年期志怪小说的延续。宋人传奇小说的成就远不如唐人。"唐人大都写时事，而宋人则多讲古事；唐人小说少教训，而宋则多教训"。"大概唐代讲话自由些，虽写时事，不至于得祸；而宋时则忌讳多，所以文人便设法加避，去讲古事。加之宋时理学盛极一时，所以小说也多理性化了"。总之，宋代传奇多写历史题材，总体成就不高，但也有一些作品是值得注意的，如奏醇的《谭意歌伟》、无名氏的《李师师外传》等。宋人笔记很多，其中不少为小说或近似小说。北宋初期，大多写唐、五代的事，如孙光宽的《北梦琐言》；北宋中期以后，多记本朝事，如司马光的《涑水纪闻》；而南宋人则多记北宋之事，如周

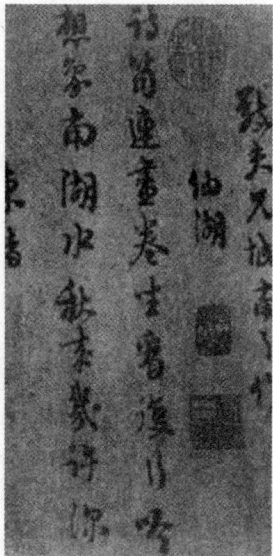

《夷坚志》

武侠小说的成熟阶段

太平广记

辉的《清波杂志》等。宋代的志怪小说，记历史琐闻的笔记，但也有几部颇有影响的作品，如洪迈的《夷坚志》、吴淑的《江淮异闻录》等。宋人的文言短篇小说的成就虽然不是很高，然而数量与种类繁多，在小说史上占有一席之地。而宋人对文言小说的最大贡献，在于编辑了一部卷帙浩繁的《太平广记》，北宋初年以前的许多文言短篇小说，大都收录在此书当中。

虽然后世的武侠评论者对这一时期的小说评价不是很高，但还是出现了一些优秀的作家作品，其中成就较高、影响较大的有吴淑《江淮异人录》中的《洪州书生》《李胜》《张训妻》《虔州少年》等，洪迈《花月新闻》《侠妇人》《郭伦观灯》《解洵娶妻》《霍将军》等，刘斧《高言》《李诞女》等。《洪州书生》讲述了洪州参军成幼文的一段见闻，小说中书生除恶行善，令人称赞，尤其是杀人于谈笑间，并且用药水焚化头颅的描写，对后代武侠小说产生了深远的影响。洪迈的《花月新闻》讲述了一个剑侠与普通人的爱情故事。具体情节如下：

淄川人姜廉夫未考中科举时，在乡校

学习。一次，姜廉夫与朋友一同出去游玩，进了一座神祠。见祠中所塑捧印女子容貌端丽，神魂颠倒，解下自己的手帕系在塑像的手臂上作为聘礼定情之物。回来后，姜氏便生病了。

自与祠中女子相遇后，姜氏便无法忘怀

　　朋友说他得罪了神灵，让他备办供礼前往谢罪，姜氏带病而往，供奠仪式完毕，大家先回去了。姜氏走在后面，迷了路，恍惚之中见白气横贯天空，正挡在面前。走了一夜天快亮时，姜氏才回到家中。正要上床休息一会，忽听到外屋有声音，一位绝色女子从轿中走出，上堂拜见姜氏母亲，自称与姜氏有约会，希望见姜一面。姜廉夫听到后，欣然起床相见。女子称自己与姜氏有缘，愿与姜妻作妹妹，共同侍奉郎君和公婆。正值端午节，女子一夜制成百幅彩丝，送给同族亲友，彩丝上人物、花草、字画，清晰可见，一族人皆称

华山鹞子翻身入口

其为仙姑。不久，女子对姜氏家人说，我有大难，须暂避一时，言罢遂无踪影，一家人都十分惊奇。

一会儿来了一个道士，对姜廉夫说："你脸色不祥，大祸将至，快到床上躺下别起来，一定要到正午时分才能开门。"姜氏躺下后，不久，寒气逼人，刀剑相击之声不绝于耳，忽然有一物坠落床下。正午时分开门，道士已来了，告诉姜廉夫没有事了。拿起坠落之物，细看是一个髑髅，道士用药将髑髅化成水。姜氏问事情经过，道士说："我和那女子都是剑仙，女子先与一剑仙相好，今舍他从你，那剑仙怀忿，要杀你二人。我与那女子也有情义，所以出力相救。如今事情办完了，我该走了。"道士走后，女子来了，像没有发生过这回事一样。姜母死，女子痛哭不已，姜妻死，女子抚育其子女如同亲生一般。靖康之变后，女子不知所终。

洪迈的《侠妇人》讲述了北宋宣和六年进士董国度，调任莱州胶水县。当时金兵侵占中原，于是董国度留下家人，独自一人赴任。不久，中原大片国土沦陷，董国度身陷敌占区，弃官避入农村，与居所主人很好，主人见他贫穷，为他买了一个妾。这女子性聪慧，有姿色，见董国度贫穷，便尽力操持。

华山西风绝壁

武侠小说的成熟阶段

她卖掉家中一切可卖之物，买了七八头驴子和几十斤麦子，磨成面粉出卖，后来还买了田地和住宅。董国度怀念故乡，妇人通过他人的帮助先把董带回故乡，后来自己也靠此人，回到南方和董过着美满的生活。在这篇小说中作者没有直接描写侠妇人和虬髯兄长的武功，但是读者仍然能感受到二人的侠义精神。

　　以上我们对宋代文言武侠小说的创作情况作了简要的介绍，从中可以发现，这一时期武侠小说没有太多的创新，大多是因袭唐代的创作思路，这就使得宋代的文言武侠小说略逊于白话武侠小说。

聪慧的妇人帮助董国度返回故乡，过上幸福的生活

《七侠五义》与中国古代武侠小说

（二）宋代白话武侠小说

宋代话本被应用于武侠小说的创作中，宋人话本的产生带有革命的性质。鲁迅认为其积极意义有以下三点：1. 由文言到白话，既增强了小说的表现力，又扩大了读者面，因而提高了小说的社会功能。2. 作品描写的对象由表现封建士子为主转向了平民，尤其是市民，因而作品的思想观点美学情趣随之发生了变化。3. 奠定了白话短篇和长篇小说的基础。枕头人话本的兴起，"实在是中国小说史上的一大变迁"。

鲁迅认为宋代话本的产生是中国小说史上的重要变迁

武侠小说的成熟阶段

1. 话本的产生与体制

"话本"是说话艺人表演时所用的底本，"话"就是故事的意思。"说话"是唐宋以来一种表演的名称，就是说书或讲故事。从事"说话"表演的人，称为"说话人"。作为一种表演的专业名称，"说话"始见于唐代，但我国的说唱艺术在唐代以前就存在了。而后随着"说话"艺术的不断发展，逐渐成为宋代一种崭新的文学样式。

宋代的"说话"，上承唐代"说话"而来。又因为城市经济的发达、瓦舍勾栏的设立、说话艺人的增多、市井观众的捧场，民间说话呈现出职业化和商业

随着城市经济的发展，民间说话呈现出职业化和商业化的特点

《七侠五义》与中国古代武侠小说

化的特点。他们学有专攻，分工很细，属于"说话"范围的，就分为四家：一为小说，二为讲史，三为说经，四为合生。其中以小说、讲史两家最为重要。小说以讲胭粉、灵怪、传奇、公案等故事为主；讲史是说前代兴废、争战之事。

（1）小说话本

宋元话本数量很多，据《醉翁谈录》《也是园书目》《宝文堂书目》等书记载，约有140多篇小说话本的题目，但从前人的记载和小说的内容、表现形式等方面考察，基本上可判定为宋时遗留的话本小说约有40余种。

小说话本取材广泛，内容丰富，突破了六朝小说和唐代传奇以上层社会或士大夫生活为描写对象的藩篱，广泛地反映了宋元时期现实生活中错综复杂的矛盾与世态人情，充分体现了市民的生活情趣和审美意识。

现存的小说话本，其题材和内容大致可以分为三类：一是爱情，二是公案，三是神仙鬼怪。其中以描写爱情婚姻和诉讼案件的作品数量最多、成就最高、影响最大。

宋元小说话本中的爱情故事，通过对妇

小说话本真切地表现了宋元时期的社会风貌和世态人情

女在爱情婚姻问题上的种种遭遇，揭示反封建的社会主题，表现她们为争取婚姻自由、追求幸福生活所作的反抗和斗争，作品往往突出女性对爱情生活的主动追求。如《碾玉观音》《闹樊楼多情周胜仙》等都是这类题材的优秀作品。

小说话本的另一个突出内容是公案故事。以讼狱事件为题材的这类故事，直接反映了当时复杂的社会矛盾，揭露和鞭挞了腐朽的封建吏治。《错斩崔宁》《宋四公大闹禁魂张》等都是这类题材作品中的代表作。此外，《合同文字记》《三现身龙图断案》《简帖和尚》等篇，也从不同侧面反映民间纠纷和社会矛盾，人们还可以从中见到当时的世态民情和社会风纪。

公案故事抨击了封建统治的黑暗和腐朽，同时也反映了纷繁的市井生活

《七侠五义》与中国古代武侠小说

宋元小说话本在艺术上很有特色。首先，追求情节曲折、故事性强，这是小说话本的显著特点。小说话本还注重故事情节结构的完整性，讲究开头，注重结局，严谨完整，以适应市民群众的心理要求和欣赏趣味。其次，运用生动的白话口语叙事状物。再次，小说话本也很注重人物形象的刻画，并善于通过对人物的内心活动以及人物言行等的细致刻画来表现人物，塑造出了许多生动鲜明具有个性的人物。总之，宋元小说话本描写细致、生动逼真，字里行间留存着说书艺人

宋元小说话本对人物形象的刻画细致逼真

武侠小说的成熟阶段

的风致，表现出叙事的口语化、声口的个
性化和谈吐的市井化等特点。

（2）讲史话本

宋元的讲史话本，又称"平话"。现
存宋编元刊或元人新编的讲史话本，大多
标明"平话"，如《三国志平话》《武王
伐纣平话》等。"平话"的含义，指以平
常口语讲述而不加弹唱；作品间或穿插诗
词，也用于念诵，不施于歌唱。另外，称
之为"平"，强调讲史虽脱胎于话本史书，
而语言风格却摆脱艰深的文言而趋于平
易。

现存宋元讲史话本中，宋人编的有《梁
公九谏》《五代史平话》《宣和遗事》等。《梁

宋元小说话本在语言风格上呈现出口语化和市井化的特点

平话的语言不似文言
的艰深而趋于平易

武侠小说的成熟阶段

《梁公九谏》

公九谏》是讲史话本的早期作品。元人编刊的讲史话本，今存《全相平话五种》，即《武王伐纣平话》《七国春秋平话后集》《秦并六国平话》《前汉书平话续集》《三国志平话》等。这些讲史话本，实际上是传统的史传文学与民间口传故事结合的产物，在体制结构方面大致有三个特点：一是篇幅较长，分卷分目，因为讲史内容丰富、复杂，必须有较大的篇幅才能讲完。最长的如《五代史平话》有十余万字，一般也有四五万字左右。由于篇幅长，为了讲说与阅读方便，大都分卷分目，通常标出故事情节内容，成为后来章回小说回目的滥觞。二是每部讲史话本，开端都有一二首七绝或七律诗，称为"开场诗"，或概括全部历史，或交代该部讲史话本的内容，或以评论发端。在话本的末尾都有一首七绝或七律的"散场诗"，用以总结全书的内容。三是采取断代编年的叙事方法，叙述时标出故事发生的年号、月份，按时间发展顺序讲述故事情节。此外，在讲述故事本事之前、"开场诗"之后，往往先讲说一段前代的历史，以与讲史话本的本事相衔接。此外，讲史话本以讲述为主，语言多为半文半白，在叙事之间常常穿插诗词、书传、表章、信柬，以便引起兴趣，增加读者或听众的历史知识和文学知识。

2. 宋元话本中的白话武侠小说

在宋元话本中，有一些内容就是写武侠的。罗烨在《醉翁谈录》的"小说开辟"里，按题材，把小说分为八大类，即灵怪、胭粉、传奇、公案、朴刀、杆棒、神仙、妖术。其中公案、朴刀、杆棒、妖术等四类，有许多作品属于武侠小说。比较突出的作品如《杨令公》《十条龙》《石头孙立》《青面兽》《花和尚》《武行者》《拦路虎》《西山聂隐娘》《严师道》《红线盗印》《红蜘蛛》等。在这些作品里主要赞美了路见不平、拔刀相助的侠义行为。

取材自唐代裴铏短篇小说集《传奇》里的《聂隐娘》一篇，讲述了聂隐娘幼时被一尼姑掳走，过了五年被送回时已是一名技艺高超的女刺客，一次她奉命刺杀刘昌裔，却被对方气度折服转而投靠，后又化解精精儿、空空儿两次行刺，为名噪一时的传奇女侠。

杨温与妻子赴东岳进香还愿

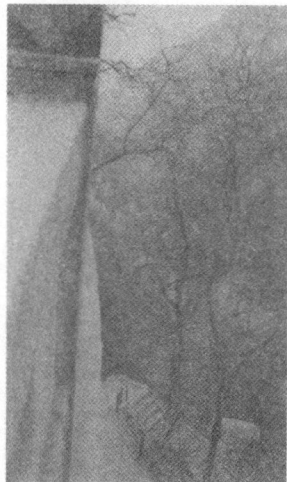

武侠小说的成熟阶段

遭遇不幸的杨温得到了
茶坊主人热心的帮助

《拦路虎》为明洪梗刊刻，收入《清平山堂话本》。讲述的是杨令公之孙杨温，一日出街市闲行，买卦卜出凶事来。为避灾祸，杨温与妻子冷氏离家赴东岳进香还愿，祈禳灾难。行至仙居市时，忽然遭到强盗抢劫，冷氏被掠，财物尽失，杨温一气之下，病倒客店。稍后，到一茶坊饮茶，遇热心的茶坊主人杨员外，杨温得他帮助，得以赴东岳神会与"诨名私山东夜叉"的使棒能手李贵会面，并将李贵打败。李贵弟子欲来替李贵报仇，又赖杨员外之力，杨温免去一场是非。这时，杨员外父亲使人催其速归，杨温认出来人是那夜抢劫自己时打火把的，于是执意要随杨员外同去，杨员外却之不过，只好带他同行。在杨员外父亲处，杨温得知了妻子的音信，于是跟踪到北侃旧庄，经历了一番周折，终于在他人的帮助下杀败强人，救出妻子，并因此立功做官。

《青面兽》《花和尚》《武行者》等，这些民间流传的故事，后来经过施耐庵的加工整理，成为了侠义小说《水浒传》的内容之一。

宋元小说话本直接影响了明清文人白话短篇小说的创作，造成"拟话本"的空前繁荣。宋元的讲史话本成为明清长篇小说的前驱。如《全相三国志平话》之于《三国演义》，《大宋宣和遗事》之于《水浒传》，《大唐三藏取经诗话》之于《西游记》，《武王伐纣平话》之于《封神演义》，都可以看出题材上的渊源关系。

《水浒传》的许多情节来源于民间故事

武侠小说的成熟阶段

宋元时期的武侠小说对后世
产生了深远的影响

秀美华山

宋元时期的武侠小说打破了传统文
人对其的束缚，武侠小说形式的多样化、
作家群体的广泛化以及小说的通俗化，
在这一时期成为趋势，对后代产生了深
远影响。

《七侠五义》与中国古代武侠小说

五、武侠小说的繁荣时期

明代出现了"情侠类"小说的名称

（一）明代武侠小说

明代是武侠小说的继续发展时期，这一时期的武侠小说大体上分为短篇武侠小说和长篇通俗武侠小说，其中短篇武侠小说又分为文言短篇武侠小说和白话短篇武侠小说。

1. 文言短篇武侠小说

明代的文言短篇武侠小说虽不能与同时代的白话长、短篇武侠小说相比，但在文言短篇武侠小说发展史上占有重要的地位。这时期出现了"情侠类"小说的名称。这一名称出现于明代著名文学家冯梦龙的《情史》一书，该书一名《情史类略》，又名《情天宝鉴》，是一部选录历代笔记小说和其他著作中的有关男女之情的故事编纂而成的文言短篇小说集，全书共包括"情贞""情缘""情私""情侠""情豪""情爱""情痴""情感""情幻""情灵""情外""情通""情迹"等二十四类。其中"情侠类"为武侠小说，比较有代表性的作品有：慧眼识英雄，到底成就一桩美满婚姻的《红拂妓》；以智斗奸，终于使丈夫在危难当头"安然亡命无患"的《沈小霞妾》；

"以情发愤"，救人于水火的《荆十三娘》《冯燕》
等。除此之外，一些武侠小说也是非常有价值的，
如宋濂的《秦士录》、李绍文的《僧兵抗倭》、
宋懋澄的《刘东山》等。

2. 白话短篇武侠小说

明代文言白话短篇小说也取得了可喜的成
就，明代文言白话武侠小说主要集中在拟话本
中，拟话本是中国古典小说的一种，是由文人
模仿话本形式编写的小说，它们的体裁与话本
相似，都是首尾有诗，中间以诗词为点缀，辞
句多俚俗。但与话本又有所不同，其中以"三
言二拍"最为著名。冯梦龙编选的"三言"代
表了明代拟话本的成就，是中国古代白话短篇
小说的宝库。这三部小说集相继辑成并刊刻于
明代天启年间。"三言"分别为《喻世明言》

赵匡胤由于闯了大祸，被
迫从都城远逃他乡

《警世通言》和《醒世恒言》，总收小
说一百二十篇，每书四十卷，每卷一篇。
这是冯梦龙从大量家藏古今通俗小说中
"抽其可以嘉惠里耳者"精选出来的。
三言中比较有代表性的作品有《宋四宫
大闹禁魂张》《赵太祖千里送京娘》《临
安里钱婆留发迹》《任孝子烈性为神》《汪
信之一死救全家》等。

《赵太祖千里送京娘》出自《警世
通言》卷二十一，讲述了一个名叫赵匡
胤的青年，能力敌万人，是个路见不平
拔刀相助、好管闲事的侠客。由于在开

封闯下大祸，触犯王法，被迫从都城远逃他乡。一路上赵匡胤继续惩治各地恶棍。当他来到山西太原时，遇到了叔叔赵景清。当时赵景清在本地一座叫清油观的道观中出家当道士，于是赵匡胤在那里停留下来。一次偶然，看见道观中一座紧闭着的殿房里有一个美丽的少女。一打听，原来这位少女是蒲州人，被强盗抢到这里。一身侠义心肠的赵匡胤听了这位少女的悲惨遭遇，毅然决定把她送还家里。途中遭到抢夺姑娘的那伙强盗的袭击，但大侠赵匡胤将之一一击退，最后终于平安地将姑娘送回家乡。姑娘的父母亲喜出望外，热情地款待了赵匡胤，希望他长久地留在那里，并表示要把女儿嫁给他。但赵匡胤毅然拒绝，当即离开。姑娘的父母亲未能如愿，十分纳闷：一个少男与一个少女同行千余里，两人的关系理应十分密切，可这个青年却抛弃自己的女儿，自顾自地走了，这是一个多么无情无义的人！于是责问女儿，要她如实说出和这个青年的关系。女儿反复说明赵匡胤是一个正直纯洁的青年，属于柳下惠式的正人君子，父母却始终不肯相信。姑娘感到十分悲痛，为了表示她与赵匡

侠肝义胆的赵匡胤将少女送回家乡，却遭到少女父母的误会

赵匡胤表现出的侠义精神是武侠小说受欢迎的根本原因

胤之间的关系洁白无瑕，便投井自杀了。

从书中所描写的赵匡胤的言行中，我们可以看到豪侠身上传统侠义精神的光辉美德，赵匡胤做好事不图回报的行为说明了侠客仗义行侠、施恩不图报的高尚品格一直存在于武侠小说当中，这也是武侠小说受欢迎的根本原因。

"二拍"是拟话本小说集《初刻拍案惊奇》和《二刻拍案惊奇》的合称。作者凌濛初。刊于明代崇祯年间。每集40篇，共80篇，内有1篇重复、1篇杂剧，故实有拟话本78篇。作品多是取材于古往今来的一些新鲜有趣的轶事，敷演成文，以迎合市民的需要，同时

仗义行侠、施恩不图报是侠义的高尚品格

武侠小说所创造出的各种
侠义人物深受读者喜爱

武侠小说的繁荣时期

《水浒传》是中国古代
武侠小说的巅峰之作

也寓有劝惩之意。"二拍"中有六篇武侠小说，分别为《乌将军一饭必酬陈大郎三人重会》《神偷寄兴一枝梅侠盗惯行三昧戏》《李公佐巧解梦中言谢小娥智擒船上盗》《王大使威行部下李参军冤报生前》《程元玉店肆代偿钱十一娘云冈纵谭侠》《刘东山夸技顺城门十八兄奇踪村酒肆》。

3. 长篇通俗武侠小说

宋元话本中的白话武侠小说，在明代发展成为长篇章回小说，其特点是分章叙事，分回标目，形成既有短篇连缀，又有长篇框架的小说体制，将一个个艺术单元排列有序地组合成为长篇故事整体结构的有机部分。其中"讲史演义"方面的内容所占甚多。在这类长篇历史演义中，往往把"讲史""灵怪""豪侠"三者熔于一炉。侧重于灵怪方面的，便成了神魔小说；侧重于豪侠方面的，便成了侠义小说。这两类小说均有锄强扶弱、诛除奸恶的内容，均可列入武侠小说的范围。

施耐庵的《水浒传》是中国古代武侠小说的巅峰之作，它首开长篇武侠章回小说之先河，对后代小说产生了深远的影响。

《水浒传》对于后世武侠小说的深远影响有以下五方面：（1）以章回体、白话文为其外在形式，古典文言退而为点缀之用。（2）以"乱自上生""替天行道"为其内在思想题旨，主持社会正义，为民请命。（3）表彰先秦游侠精神而不惜以武犯禁。（4）其穿针引线笔法及复式结构为后世所宗，长垂典范。（5）江湖豪杰群相结义、统一取绰号由此开始。

与此同时，罗贯中《三遂平妖传》上承唐人传奇《聂隐娘》余绪，亦发为剑侠长篇章回小说之嚆矢。初成四卷二十回，后由冯梦龙增补为十八卷四十回。其故事玄奇，有飞剑跳丸、降妖伏怪、斗法斗智等情节。此书与稍晚出现的《西游记》《西游补》《四

《水浒传》以"乱自上生""替天行道"为其内在思想

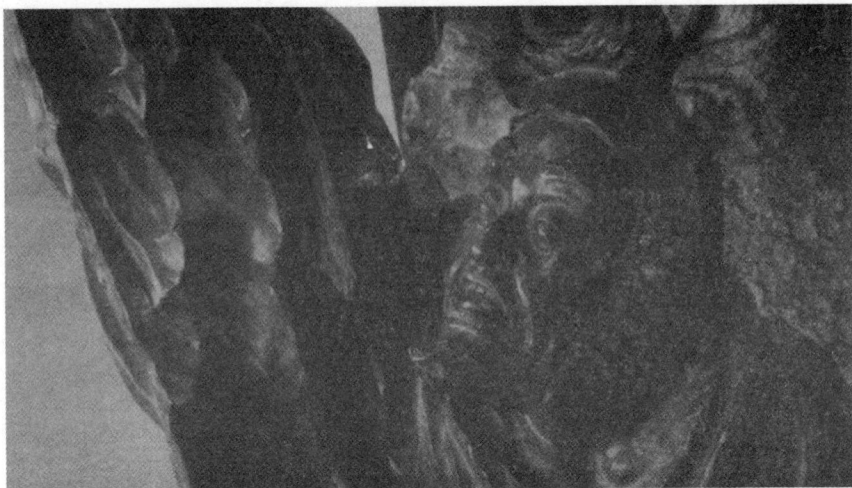

《水浒传》至今仍被人们津津乐道

游记》《飞剑记》《禅真逸史》及《封神演义》等"神魔小说",对民初糅合豪侠、剑侠内容的武侠小说如《江湖奇侠传》《蜀山剑侠传》等巨制,影响极大。是故《水浒传》与《三遂平妖传》在中国武侠小说发展史上,均居于枢纽地位,而确有奇峰并插、锦屏对峙之妙。

（二）清代武侠小说

清代为古代武侠小说的繁荣时期,这一时期的武侠小说大体上分为三类:

1. 神魔小说而有武侠精神者

以《济公传》和《绿野仙踪》为代表。康熙年间先有王梦吉《济公全传》三十六则故事,继而有无名氏《济公传》十二卷。该书以济颠和尚游戏风尘、渡世救人为主干,穿插剑客、侠士锄强扶弱英雄事迹及正邪斗法、捉妖降魔等情节，文字白描，生动有趣，为后世武侠小说演、叙风尘异人重要渊源之一。

李百川的《绿野仙踪》，全书共一百回，笔墨奇恣雄放，亦庄亦谐，写剑侠求仙、除魔卫道、官场黑暗、人情世故均能曲中筋节，尤其擅长用四六文写景，引人入胜，堪称"说部中极大山水"。

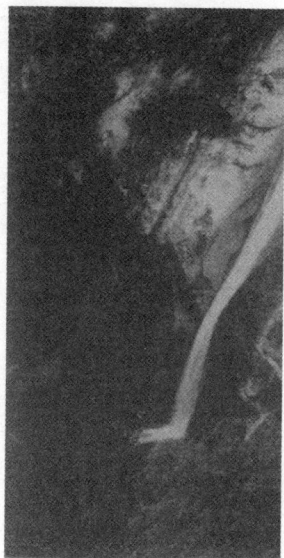

李百川擅长写景，描写的山水引人入胜

2. 儿女侠情小说

以《好逑传》《绿牡丹全传》及《儿女英雄传》为代表。明清之际，名教中人写以《好逑传》，又名《侠义风月传》，共十八回。主要描写才子铁中玉之武勇、佳人水冰心之坚毅，打破历来才子佳人，男皆文弱、女皆懦怯之庸俗窠臼，而以侠骨柔情贯穿全篇。清中叶无名氏撰《绿牡丹全传》，又名《四望亭全传》，亦称《龙潭鲍骆奇书》，全书共六十四回，以骆宏勋、花碧莲之情缘为主线，赞颂侠客见义勇为、为民除害的精神，而反复申述"江湖有义终非盗"之旨。

3. 侠义公案小说

以《三侠五义》《施公案奇闻》及其续

人民文学出版社出版的《三侠五义》

书为代表。早在明代时即有杂记体《包公案》，又名《龙图公案》。清道光年间名说书人石玉昆的唱本《龙图耳录》则由此发展而来。光绪初年无名氏据此润饰而改名《忠烈侠义传》，后又改名《三侠五义》，讲述了南侠、北侠、双侠及陷空岛五鼠行侠仗义之事，豪情壮采，笔意酣恣。

六、侠义与公案的合流——《七侠五义》

金庸旧居

　　清代为古代武侠小说的繁荣时期，这一时期的侠义小说，往往与公案故事连在一起，形成为侠义公案小说。这类小说每以历史上的一名清官为主，一些武艺非凡的侠客为辅。如《七侠五义》中的包拯，《施公案》中的施世纶（小说中作施仕伦），《彭公案》中的彭鹏（小说中作彭朋），在历史上都颇有名声。这些清官要能顺利地办成大事，自然需要一些侠客的帮忙，武艺高强的南侠展昭等人，自然是最好的帮手。作为中国最早出现的武侠作品之一，《七侠五义》对中国近代评书、武侠小说乃至文学艺术影响深远，称得上是开山鼻祖，由此掀起了各类武侠题材文学作品的高潮。此后武侠公案、短打评书盛极一时，例如《五女七贞》《永庆升平》《三侠剑》《雍正剑侠录》等纷纷问世，清末民初也有大量知识分子投身武侠小说创作，写了很多脍炙人口的佳作，比如王度庐的《卧虎藏龙》，还珠楼主的《蜀山奇侠传》等，一直到港台的金庸、古龙的武侠小说都是在它的影响之下创作的。

（一）《七侠五义》作者、成书过程和主要内容

《七侠五义》前身是《三侠五义》。《三侠五义》原是说书艺人石玉昆的说唱本。这部小说是民间创作和文人创作相结合的产物。有关包公治狱的传说，早在南宋就有流传。元杂剧中的包公戏有近二十本。到了明代，既出现了专写包公故事的传奇剧本，又有专写包公故事的长部汇编杂记小说《包公案》，而章回体的《龙图公案》则渊源于明末杂记体的《包公案》。《三侠五义》则是由清代章回体的《龙图公案》演变而成，《龙图公案》为石玉昆的一部说唱本，后来有人在听石玉昆说唱时，删去唱词，保留了说词，将该书改编成为章回体

侠义与公案的合流——《七侠五义》

金庸故居卧室

的长篇小说《龙图耳目》，因为是在说唱时记录而成，所以称为"耳目"。不久，问竹主人、入迷道人等又对《龙图耳录》进行艺术加工，改写成了一百二十回的《三侠五义》，又称《忠烈侠义传》。1878年，著名文学家、教育家俞樾又将此书修改一番，删去第一回的"狸猫换太子"，"援据史传，订正俗说"，并认为书中有南侠、北侠、双侠四人，加上小侠艾虎、黑妖狐智化和小诸葛沈仲元共七人，遂改书名为《七侠五义》。这样，这部书现在共有三种本子流传，即《龙图耳录》《三侠五义》和《七侠五义》，其中《龙图耳录》是直接从石玉昆说唱时记录下来的，因此最能保留说唱本的特色。

《龙图耳录》讲述了北宋真宗时期，李、刘二妃均有娠，刘妃为争宠，与总管都堂郭槐密谋，用狸猫偷换了李妃之子，李妃被贬入冷宫。寇珠、陈林冒死救出李妃之子，交八贤王抚养，寇珠因此遇难，李妃避出京城。李妃之子长成人后，接替皇位，是为仁宗。江南庐州府合肥县包家村包员外，年近五旬添了三子包公。包公出生后，二兄二嫂屡加危害，皆因狐精相助逢凶化吉。

　　包公中进士后，任凤阳府定远县知县，到任后正直无私，料事如神，屡断疑案，又得丞相王芑举荐，入宫镇邪，遂升开封府尹，继而加封龙图阁大学士。为正法纪，包公制龙头、虎头、狗头三口铡刀。包公受命前往陈州查赈，在谋士公孙策、南侠展昭以及张龙、赵虎等人的协助下，于天昌镇捕获当朝太师庞吉之子庞昱派遣的刺客，刀铡了克扣赈粮、抢夺民女的安乐侯庞昱。随后，包公稽查户口，秉公放赈，民心大快。归途中遇李妃，包公乃夜审郭槐，巧取口供，李妃冤狱大白，仁宗母子相认，刘妃畏罪而死，圣上加封包公为丞

包公像

相。经包公举荐，南侠殿上面试武艺，被封为四品带刀护卫，赐号"御猫"。包公又刀铡了无恶不作的戚烈侯葛登云。南侠告假回乡祭祖，结识了双侠丁兆兰、丁兆惠兄弟，又在茉花村丁府订了亲。陷空岛五鼠之一锦毛鼠白玉堂，不服"御猫"称谓，赴东京寻事，于途中结识赶考举子颜查散，结为金兰。白玉堂入东京，留刀寄柬，内苑杀人，宫墙题诗，盗取"三宝"。其余四鼠卢方、韩彰、徐庆、蒋平寻至京城，韩彰负气出走，卢方、徐庆、蒋平献艺受封，归附包公。南侠只身赴陷空岛寻三宝，误中埋伏，被囚在通天窟中，卢、徐、蒋等人和丁兆惠一同赶来，生擒白玉堂，拿回三宝，救出南侠，白玉堂归顺受封。蒋平出寻韩彰，途遇北侠欧阳春与

包公祠牌坊

《七侠五义》与中国古代武侠小说

艾虎上开封府告
发马强叔侄

丁兆兰, 众侠客大战邓家堡, 力擒采花贼花冲,
解往东京正法。韩彰在蒋平劝说下归附受封,
五鼠团聚。

　　新任杭州太守倪继祖微服私访, 被霸王
庄马强锁入地牢。适逢北侠路过, 与智化、
艾虎, 沈仲元等里应外合, 救出太守, 活捉
马强。马强家中恶奴见事败, 劫取财物而逃,
马强倚仗叔父马朝贤是朝中总管, 反告北侠
抢劫, 为伸张正义, 智化等人合谋, 盗出御
物珍珠九龙冠, 暗藏至马强家中, 而后艾虎
上开封府告发, 终于扳倒奸佞, 马强叔侄被
正法, 倪继祖上任。颜查散奉旨前往洪泽湖
勘查水情, 兼理河工民情, 公孙策、白玉堂

侠义与公案的合流——《七侠五义》

随行。蒋平展神威，消灭了襄阳王指使冒充水怪、扰国害民的邬泽等人。洪水治好后，圣上得知襄阳王欲造反，旱路有金面神蓝骁，水路有飞叉太保钟雄，形成鼎足之势。钦命金辉任襄阳太守，颜查散巡按襄阳。蓝骁劫持金辉，北侠、智化、丁兆惠等人合力相救，生擒蓝骁。邓车盗走颜查散印信，抛入洞庭湖逆水泉中。白玉堂负气独闯冲霄楼盗结伙造反盟单，误中机关身亡，骨殖葬于九截松五峰岭。蒋平冒死潜入逆水泉捞回印信，众豪杰议取钟雄寨、堡军山，徐庆剜下邓车双目，和南侠前去祭奠白玉堂，落入陷坑，双双被擒。蒋平、丁兆惠夜闯军山，救出徐庆，盗回白玉堂骨殖。北侠、智化假作投诚，与钟雄结为异姓兄弟，在南侠等人配合下，于钟雄生日用熏香闷倒钟雄，负载而出，然后力劝钟雄归顺朝廷。随后，众豪侠齐赴襄阳讨逆。

（二）《七侠五义》人物简介

《七侠五义》中的"七侠"指南侠

邓车盗走颜查散印信，抛入洞庭湖逆水泉中

展昭，北侠欧阳春，双侠丁兆兰、丁兆惠，以及小侠艾虎、黑妖狐智化、小诸葛沈仲元，"五义"即"五鼠"，指钻天鼠卢方、彻地鼠韩彰、穿山鼠徐庆、翻江鼠蒋平、锦毛鼠白玉堂。这些如雷贯耳的英名，加上五鼠闹东京、智定军山等脍炙人口的掌故，杂以栩栩如生的北宋风俗，威风凛凛的包公断案，令人流连忘返，不忍释卷。

1. 南侠展昭

展昭，常州府武进县遇杰村人氏，字熊飞，人称"南侠"。这个人物形象的特点有三：

（1）"绿林高人"。展昭虽非出身绿林，但与绿林关系密切。第六回写包公罢官回京，在土龙岗被山贼王朝、马汉、张龙、赵虎掳掠上山，危急之际展昭无意中救了他。原来

《七侠五义》中描写的北宋风俗令人流连忘返

王朝素与他交好，但展昭却与他们不同。他充分认识到人生的价值，故他告别绿林的时候是准备投向帝王政治的怀抱，成为统治阶级的得力助手的。书中写展昭初期的侠义行为，如金龙寺杀凶僧、土龙岗逢劫夺、天昌镇拿刺客以及庞太师后花园冲破魇魔之事，均与包公有关，为他以后投奔官府为朝廷服务打下了良好基础。虽然他在行侠仗义时是那样的英伟洒脱、坦荡无私，然而面对皇上赐号"御猫"的美称沾沾自喜顾不得自我尊严，迫不及待地在房上给圣上叩头，当然如果没有皇帝及代表皇帝意志的清官对侠义的重用、提携、褒奖，就失去了绿林与朝廷合流的基本条件。 第三十回写展昭颇为得意地向双侠叙说封赏之事道："至于演试武艺，言之实觉可愧；无奈皇恩浩荡，赏了'御猫'二字，又加封四品之职。原是个潇洒的身子，如今倒弄得被官拘住了。"这表明了他脱离了绿林，成了吃皇粮的四品官员，竟沾沾自喜、颇为得意地炫耀于人，然而他也失去了独立自由的人格。

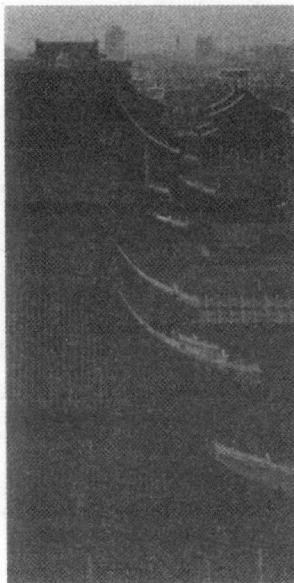

展昭告别绿林准备投向帝王政治的怀抱

（2）武艺超群。如金龙寺杀凶僧、

侠义与公案的合流——《七侠五义》

苗家集窃银、安平镇寄柬、太师府偷换春酒、西湖畔夜探郑家茶楼等，都显示了南侠的高超武艺。包公对展昭的评价是："若论展昭武艺，他有三绝：第一，剑法精奥；第二，袖箭百发百中；第三，他的纵跃法，真有飞檐走壁之能。"

（3）忍让谦和。他在书中几乎是个完人，在杭州救周老时不与丁兆惠争功，茉花村与丁小姐比剑定亲不争胜负，都显示出他的谦让品格。他与白玉堂相反，非才高必狂、艺高必傲之辈，凡事都能做到谦逊有致，不露痕迹，成为最有修养、最有道德的侠客。如白玉堂与他合气，他立即表示谦让：

公孙先生在旁听得明白，猛然醒悟道："此人来找大哥，却是要与大哥合气的。"展爷道："他与我素无仇隙，与我合什么气呢？"公孙策道："大哥，你自想想。他们五人号称五鼠，你却号称御猫。焉有猫儿不捕鼠之理？这明是嗔大哥号称御猫之故。所以知道他要与大哥合气。"展爷道："贤弟所说似乎有理。但我这'御猫'乃圣上所赐，非

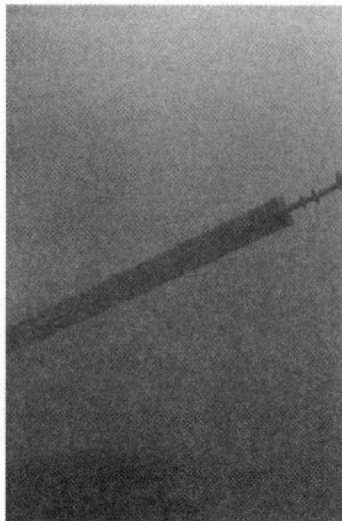
展昭的剑法精准，武艺高强

展昭具有正统的帝王思想

是劣兄有意称猫，要欺压朋友。他若真个为此事而来，劣兄甘拜下风，从此后不称御猫，也未为不可。"

展昭这样做并非表示他的软弱可欺或技不如人，而是对朝廷法律以及执法者的尊重，是对圣上尽忠的一种表现，而非为个人意气所能致。这展示出展昭性格特征的思想基础。可以说，在我国古代小说中，展昭是御用侠义人物中最成功的一个典型。他不失扶危济困的本色，如在榆林镇酒楼助王氏银两，为其丈夫婆婆治病，又为免除其夫疑忌扮成夜游神说明真相，可谓救人救到底了。但也更多地表现了他浓厚正统的帝王思想，却是以不反朝廷、不为非做歹为前提。他虽然失去了自由独立的人格，却换来维护名教纲常、建功立业的自身价值和仕途前程。作者的用意大约就是鲁迅说的"大旨在揄

侠义与公案的合流——《七侠五义》

欧阳春不仅武功高强，而且品德高尚

扬勇侠，赞美粗豪，然又必不背于忠义。"

2．北侠欧阳春

欧阳春的武功在书中所有人中应该是最高的。《七侠五义》中他是唯一一个露了点穴功夫的人，而且点的是白玉堂这种高手。书中第七十八回有一场白玉堂和欧阳春的打斗描写。面对白玉堂的步步紧逼，北侠只是"将身一侧，只用二指看准肋下轻轻地一点"，白玉堂便"犹如木雕泥塑一般，眼前金星乱滚，耳内蝉鸣，不由得心中一阵恶心迷乱，实实难受得很"，一招之下，胜负已定。北侠虽然没有和南侠直接交过手，但是展昭和白玉堂曾经在开封府有过一场比试，二人的武功是在伯仲之间，所以，北侠的武功也远远高于南侠。丁兆惠一开始也不服北侠，盗去他的七宝刀想奚落他一番，却不料欧阳春已神不知鬼不觉地将刀取回。这也反映出欧阳春的武功修为已经达到了出神入化的境地。

再看欧阳春的道德修养，面对白玉堂和丁兆惠的步步紧逼、轻视误解，欧阳春是点到为止，以德报怨。面对展昭、智化、

艾虎众人，欧阳春一律谦逊相待，从不以自己的
江湖资质显出半分傲慢。陈平原先生认为"侠客
有不好色、不贪财、不怕死者，可几乎没有不爱
名的，名是自我价值的实现和社会的普遍认可"。
可对于行侠仗义，北侠的看法却是"凡你我侠义
做事，不声张，总要机密。能够隐讳，宁可不露
本来面目。只要剪恶除强，扶危济困就是了，又
何必谆谆叫人知道呢"。可以说，欧阳春已经达
到了"不矜其能，羞伐其德"的完美道德境界。

3．双侠丁兆兰、丁兆惠

双侠丁兆兰、丁兆惠为将门之子，他们的父
亲是镇守雄关的总兵。既然生在将门之家，自然
和朝廷脱不了关系，双侠的命运归宿，是从出生
时就设定好了的，无法改变，所以，双侠身上的

双侠丁兆兰、丁兆
惠出生在将门之
家，忠君思想浓厚

侠义与公案的合流——《七侠五义》

忠君纲常色彩最为浓厚。双侠虽然是官府的代表，但他们可以利用官家的特殊身份救助百姓，这样也许没有快意恩仇来得痛快自在，但却很现实，效果也更好一些。盗来银两资助周老丈人重开茶楼，盗取九龙冠绊倒恶臣马贤朝等事件中，二官人丁兆惠表现得当真是"妙手灵心，神光四射"。双侠的的确确为贫苦百姓做了很多好事，无愧侠之上品之名。

4. 小侠艾虎

在所有侠客中，艾虎年纪最小，刚出场时只有 14 岁。他虽然年纪小，却是心机活变，气度不俗。论智慧，他是一教便会，一点就醒，是个练武奇才；论胆识，他不仅胆识过人，而且自身武艺不凡。无论面对包大人的狗头铡威

双侠盗来银两是为帮助贫苦百姓，是为侠义善举

艾虎爱喝酒，因
此经常误事闯祸

吓，还是后来的大理寺五堂会审，他都是毫不
介意、对答如流，其行为举止完全超出了一个
15 岁孩子的能力。

　　纵然艾虎智慧过人、胆识不凡，他毕竟还
是个孩子，还有很多不成熟的地方。例如书中
第八十六回，艾虎误入黑店，却完全没有防范
心理，左一壶右一壶喝了个酩酊大醉，人事不醒。
多亏蒋平及时赶到，制服恶贼，救下艾虎，不
然小英雄真是死了都不知为谁所害。艾虎喜好
杯中之物，因此而误事闯祸也不是一回两回的
事情了。所以，相对于三侠来说，他还是太"嫩"
了，江湖险恶，他还需要多多历练、成长。

5. 东方侠黑妖狐智化

智化，黄州府黄安县人也，绰号"黑妖狐"，又称东方侠。智化为小侠艾虎之师。智化凭着自己的机灵头脑为众义士出谋划策，智服钟雄，安定军山都立下了汗马功劳，他的的确确是一个侠义为怀的人。根据书中叙述，君山是襄阳附近的一个重要军事基地。该基地（山寨）的最高指挥官名叫钟雄，号"飞叉太保"。此人文武双全，文中过进士，武中过探花，是一个难得的人才。众人皆以为，要战胜襄阳王，必须先收服钟雄。这同时，由于徐庆、展昭为盗回白玉堂的骨殖，失手被擒，正关押在钟雄的山寨中。智化本着"知己知彼"的方针，先假扮渔郎去打探消息，见到君山水寨里张贴的招贤榜文，于是携同北侠前去诈降。他通过观察钟雄的起居环境准确地把握住了其心思，一番谈论之后，钟雄对他大起知己之感。智化遂利用钟雄求贤若渴的心理，骗取了他的信任，救出被囚禁的展昭、沙龙等人，又借广纳贤才之机，安插了众多的己方人士在

智化聪明机智，假扮渔郎去打探消息

智化凭借出人意料的方法收复了君山

君山之内。其实这时已具备里应外合、攻取君山的条件了，但智化却引而不发。他安排北侠执掌水寨，展昭执掌旱寨，自己总揽大权，任辖统。到了这个时候，钟雄已是空有寨主之名，而无甚实权了，众人本可以最小的损失夺取君山，但是，智化仍不下令进攻。他慧眼识人，认定钟雄是个豪杰，有意要保全他和他的家人，甚至属下，而他也知道，有着辉煌成就和丰富才学的钟雄雄踞君山，为一寨之主，不是那么轻易就能够归降的。于是他巧妙布局，在钟雄生日这天将其灌醉，盗下山来。这是为了防备他在寨中宁死不降，奋起顽抗，引发争斗。此后他又赶回山寨，安抚住众人，并带伤追回钟雄一对外逃而被拐带的儿女，对钟雄施以厚恩。全盘安置妥当，他才率领群豪跪请钟雄弃暗投明，逼得钟雄除了归降以外，再无其他选择余地。至此，智化兵不血刃收复了君山。智化凭借的是出人意表的行事方法。说得更明确一点，就是做事不择手段。智化行事，从不考虑其方法是否符合社会规范，甚至不讲求是否符合江湖道义，他要的只是正义的目的和圆满的结局。这是极其典型的道教"不受世俗礼法限制"思想的体现。智化的这一思想底蕴，使得他逾越了北侠无法挣脱的拘束，成为一个活泼的人物。

6. 小诸葛沈仲元

小诸葛沈仲元是七侠里头最后才加入的人，原本是在襄阳王底下做事，但后来看出襄阳王难成霸业，所以有意改投开封府，曾指引韩彰、徐庆两人擒贼，原以为这两人会帮自己引荐包大人，但韩徐二人却自己顾着说话没搭理他，小诸葛自负头脑聪明高人一等，几时受过这种气，于是一怒之下便把包公门生也就是现任武昌府钦差大人颜查散给偷了出来，存心挫挫开封府众人锐气，也好报这一箭之仇，这一

智化的思想受到道教的影响

卢方自幼生活在渔船上，练就了一身爬杆的本领

举动搞得七侠五义加小五义为了追查颜大人的下落可是个个人仰马翻，这段故事从《小五义》初演到尾，可是好不容易才将这公案了结，而颜大人倒挺宽宏大量，沈仲元认错投武昌，此事也就善罢。

7．钻天鼠卢方

卢方，为松江陷空岛卢家庄卢太公之子，自小生长在渔船上，有爬杆之能，每逢船上篷索断落，卢方爬桅结索，动作如猿猴，因此得绰号"飞天鼠"，身强力壮，粗汉子也，然而粗中有细，义薄云天，为五鼠的老大，与其他四鼠合称"陷空岛五义"。卢方在跟随包拯之前掌管陷空岛卢家庄，曾因为兄弟情长，与其他四鼠不服武功在展昭之下而大闹东京。后来被包拯招为属下，从此为朝廷尽心尽力，忠心耿耿，御封为六品校尉。

8. 彻地鼠韩彰

韩彰，为陷空岛五鼠之一，祖籍不详。排行老二，因善打毒药镖，会挖地雷，人称"彻地鼠"，与钻天鼠卢方、穿山鼠徐庆、翻江鼠蒋平、锦毛鼠白玉堂共称为"五义"。手使一把浑铁雁麟刀，五鼠中武功仅次于白玉堂。韩彰没有子女，只有一义子"霹雷鬼"韩填锦。人很实在、谨慎，能说到做到讲信用，但性格很倔强。后同众鼠归降开封府，辅佐包大人。在《白眉大侠》中被紫面金刚王顺用镖正中颈喉而亡。

9. 穿山鼠徐庆

徐庆，字泽莲，陷空岛五鼠之一，山西大

韩彰后来归降开封府，辅佐包公大人

武夷山

同人。排行老三，人称"穿山鼠"，与钻天鼠卢方、彻地鼠韩彰、翻江鼠蒋平、锦毛鼠白玉堂共称为五义。徐庆手使大锤，力量很大，人很孝顺，后同众鼠归降开封府，辅佐包大人。

10．翻江鼠蒋平

蒋平，字泽长，金陵人氏，擅长游泳，能在水中潜伏数个时辰，并且开目视物，在水中来去自由，因此得名"翻江鼠"，陷空岛五义之一，排行老四。他身材瘦小，面黄肌瘦，形如病夫，为人机巧灵便，是五鼠中的智囊，在殿试时蒋平跳入深海中捉到了皇上的心爱之物金蟾，而安然无恙，被御封为六品校尉，在开封府供职。

11．锦毛鼠白玉堂

白玉堂，字泽琰，因为展昭的一个"御猫"称号而大闹东京，轰动江湖：寄柬留刀，忠烈题诗郭安丧命，盗三宝，机缘巧合下与其他四鼠入朝拜官，后来在镇压襄阳王的斗争中陷入铜网阵而死。性格高傲，年少华美，侠肝义胆，行事亦正亦邪。《七侠五义》中"五义"

之一。为浙江金华白家岗人氏，武生员。因少年华美，气宇不凡，文武双全，故人称"锦毛鼠"。白玉堂于"五义"中为五弟。亦曾被御封为四品护卫，供职开封府。

白玉堂的性格，具有多个侧面，在原书人物中是最为复杂的。他英雄侠义，初登场，就显其慧眼，与有志有德的贫寒书生颜查散结为兄弟，并为其鸣冤，多方救助。最后，为探谋反朝廷的襄阳王的虚实，三闯冲霄楼，终于命丧铜网阵。正所谓以英雄侠义始，以英雄侠义终。他少年气盛，性情高傲。他闻听展昭受封"御猫"，便觉"五鼠"减色，遂专程赶赴京师与展昭一比高低，先于皇宫内苑中杀了意欲谋害忠良的总管太监郭安，又于忠烈祠内狠狠地戏耍并整治了奸太师庞吉，所干之事，均系无法无天的惊人之举，又都不离"侠义"二字。

武夷山风光

（三）《七侠五义》的核心思想

小说把侠客义士的除暴安良行为，与保护官府大臣、为国立功结合起来，南侠、五鼠均被授皇家护卫，表现了宣扬忠义和

侠义与公案的合流——《七侠五义》

维护封建统治秩序的思想。但是，侠客义士依附统治阶级中的正面人物，与邪恶势力对立，仗义除暴，为民申冤，反映了人民群众的某些思想和愿望。小说明显地表达了人们对清明政治的要求和对是非善恶的态度，具有一定的意义和认识价值。如小说揭露和抨击了太师庞吉恃宠结党营私，诬陷忠良；庞昱荼毒百姓，抢掠民间妇女；苗秀父子鱼肉乡里，重利盘剥；葛登云、马刚肆虐逞凶，为害地方等。同时，对嫌贫爱富的柳洪、雪中送炭的刘洪义、嫁祸于人的冯君衡等，褒贬态度亦极鲜明。

（四）《七侠五义》的艺术成就及不足之处

1．艺术成就

《七侠五义》是侠义小说与公案小说合流的代表作品，也是整个侠义公案小说的代表作品，对中国近代评书、武侠小说乃至文学艺术影响深远。其艺术成就有以下几方面：

（1）叙事技巧

《七侠五义》的叙事技巧很有特色，

《七侠五义》对中国的武侠小说有着深远的影响

《七侠五义》与中国古代武侠小说

这是得到广大读者喜爱的重要原因。小说擅长编排故事，常常是故事生故事，故事连故事。大故事套小故事，小故事引大故事，近故事接远故事。几个故事次第发展，交互接续叙说，以此设置悬念。又常用偶巧连接故事，用巧合解套故事。随着关键案子的结束，相关案子一齐审结。这也是评话常用的技巧，吸引听众连听不辍。例如，在第二十三回至第二十七回，一共写了四个案子：一是赴京赶考的秀才范仲禹夫妇惨遭葛登云抢劫横死案；二是由范仲禹坐骑黑驴子被好酒贪利的屈生所占后，又被李保谋财害命案；三是道士苦修橇盗被逼勒自缢而死的范妻白氏棺材案；四是包公查访新科状元失踪案。此四个案子是相辅相成、相依相伏的。第一、第二个案子由驴子连接，第一、第三个案子以橇棺连接，纯属偶然，第二、

《七侠五义》的成功得益于独特的叙事技巧

第三个案子之间却由白氏与屈生互附灵魂来连接，第一与第四个案子有因果关系。在叙写的过程中还巧生枝叶、横起波澜，熟练运用巧合的艺术手段，故事连接而独立，线索繁多而不乱。小说故事情节的设计编排大抵如此。

（2）人物塑造

《七侠五义》在人物的塑造上也给后人有益的借鉴。

首先是塑造了包公这个典型的清官形象。包公是历史人物，也是艺术形象。虽然在此前的小说与戏剧里已经有包公这一人物，但成为老百姓口中谈资的包公，成为老百姓心中可依赖的惩恶扬善的象征的清官包公，《七侠五义》的着力塑造是功不可没的。

包公形象的方方面面都体现了老百姓渴望

包公祠一景

《七侠五义》与中国古代武侠小说

忠臣清官的愿望。第一是不畏权贵、刚正不阿。包公的对手常常是权臣高官，甚至是皇亲国戚。包公能报国以忠，执刑以法，体现忠臣的高风亮节。第二是不徇私情、执法如山。在假包三公子诈骗案中，虽系误传，但他"气的是大老爷养子不教，恨的是三公子年少无知……恨自己不能把他拿住，依法处治"，表明他对亲友犯法的鲜明态度，从而体现清官的形象。第三是重视证据、正确断案。在包公所断"吴良图财害死僧人案"中，他亲临伽蓝殿实地调查，取得证据，审得真凶。审判皮熊、铡庞昱、访李妃也是如此，从而体现能臣的形象。忠臣、清官、能臣正是老百姓所渴望的。

《七侠五义》中的侠客义士，侠义之风相似，而个性迥异，给读者留下深刻的印象。展昭忍让谦和、

侠义与公案的合流——《七侠五义》

兢兢业业，白玉堂心高气盛、锋芒毕露，卢方忠诚笃实，蒋平机警幽默，等等。小说把展昭描写成完人与楷模，而白玉堂则塑造成失败的英雄，这种区别处理，也有它的合理之处与魅力。

（3）语言特色

《七侠五义》的语言充满了口语特色，善用谚语、歇后语，语言幽默诙谐、清新畅白、干净爽洁、亦雅亦俗。

2．不足之处

小说对明君的美化与对清官的歌颂有违现实主义的创作规范，也不能揭示社会的本质，只能迎合百姓的依稀的愿望与朴素的是非取向。而小说对韩彰、徐庆等四侠客劫取不义之财的肯定，对智化、艾虎师徒和丁兆兰、丁兆惠定计盗珠冠、出首作假证，以栽赃诬陷手法制伏权奸马朝贤叔侄的热情颂扬，则尤其符合底层百姓的情感倾向与价值判断。小说的基本思想倾向积极健康，浓厚的封建迷信意识及封建伦理道德观念，则应予以否定。

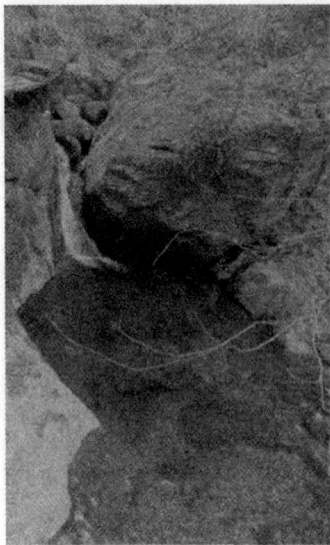

《七侠五义》表现了百姓渴望政治清明、为官清廉的美好愿望